U0103275

日語語法與日語教學

湯廷池　著

臺灣**學生書局**印行

湯 廷 池 教 授

著者簡介

湯廷池，臺灣省苗栗縣人。國立臺灣大學法學士。美國德州大學（奧斯汀）語言學博士。歷任德州大學在職英語教員訓練計劃語言學顧問、美國各大學合辦中文研習所語言學顧問、國立師範大學英語系與英語研究所、私立輔仁大學語言研究所教授、《英語教學季刊》總編輯等。現任國立清華大學外語系及語言研究所教授，並任《現代語言學論叢》、《語文教學叢書》總編纂。著有《如何教英語》、《英語教學新論：基本句型與變換》、《高級英文文法》、《實用高級英語語法》、《最新實用高級英語語法》、《英文翻譯與作文》、《日語動詞變換語法》、《國語格變語法試論》、《國語

格變語法動詞分類的研究》、《國語變形語法研究第一集：移位變形》、《英語教學論集》、《國語語法研究論集》、《語言學與語文教學》、《英語語言分析入門：英語語法教學問答》、《英語語法修辭十二講》、《漢語詞法句法論集》、《英語認知語法：結構、意義與功用（上集）》、《漢語詞法句法續集》、《國中英語教學指引》、《漢語詞法句法三集》、《漢語詞法句法四集》、《英語認知語法：結構、意義與功用（中集）》、《漢語詞法句法五集》、《英語認知語法：結構、意義與功用（下集）》等。

「現代語言學論叢」緣起

　　語言與文字是人類歷史上最偉大的發明。有了語言，人類才能超越一切禽獸成爲萬物之靈。有了文字，祖先的文化遺產才能綿延不絕，相傳到現在。尤有進者，人的思維或推理都以語言爲媒介，因此如能揭開語言之謎，對於人心之探求至少就可以獲得一半的解答。

　　中國對於語文的研究有一段悠久而輝煌的歷史，成爲漢學中最受人重視的一環。爲了繼承這光榮的傳統並且繼續予以發揚光大起見，我們準備刊行「現代語言學論叢」。在這論叢裏，我們有系統地介紹並討論現代語言學的理論與方法，同時運用這些理論與方法，從事國語語音、語法、語意各方面的分析與研究。論叢將分爲兩大類：甲類用國文撰寫，乙類用英文撰寫。我們希望將來還能開闢第三類，以容納國內研究所學生的論文。

　　在人文科學普遍遭受歧視的今天，「現代語言學論叢」的出版可以說是一個相當勇敢的嘗試。我們除了感謝臺北學生書局提供這難得的機會以外，還虔誠地呼籲國內外從事漢語語言學研究的學者不斷給予支持與鼓勵。

湯　廷　池

民國六十五年九月二十九日於臺北

語文教學叢書緣起

　　現代語言學是行為科學的一環，當行為科學在我國逐漸受到重視的時候，現代語言學卻還停留在拓荒的階段。

　　為了在中國推展這門嶄新的學科，我們幾年前成立了「現代語言學論叢編輯委員會」，計畫有系統地介紹現代語言學的理論與方法，並利用這些理論與方法從事國語與其他語言有關語音、語法、語意、語用等各方面的分析與研究。經過這幾年來的努力耕耘，總算出版了幾本尚足稱道的書，逐漸受到中外學者與一般讀者的重視。

　　今天是羣策羣力 和衷共濟的時代 ，少數幾個人究竟難成「氣候」。為了開展語言學的領域，我們決定在「現代語言學論叢」之外，編印「語文教學叢書」，專門出版討論中外語文教學理論與實際應用的著作。我們竭誠歡迎對現代語言學與語文教學懷有熱忱的朋友共同來開拓這塊「新生地」。

語文教學叢書編輯委員會　謹誌

i

自序

　　《日語語法與日語教學》收錄近五年來所發表的日語語法與日語教學的論文五篇、講評一篇與附錄一篇。

　　第一篇論文〈私の「型破り」日本語教育：回顧と反省〉是一九九〇年六月到七月間，前往日本東京外語大學所做的演講，文章的內容回顧一九八四年到八六年兩年之間我在國立清華大學外語系擔任初級日語與中級日語的點點滴滴。這篇文章後來刊登於《東吳日本語教育》（1990）12號19頁至28頁。本來在東京外語大學、大阪外語大學、姬路獨協大學、北九州大學等幾所學校，還以〈對照分析と言語教育〉、〈對照研究と文法理論㈠：格理論〉（刊載於《東吳日本語教育》（1990）13號37至68頁）、〈對照研究と文法理論㈡：Ｘバー理論〉（刊載於《東吳日本語教育》（1991）14號5至25頁）等為題發表論文，但是為了篇幅的考慮，都沒有收錄這一本書裡。

　　第二篇〈日本語教育の問題點およびこれからの展望〉是一九九三年六月二十日在東吳大學舉辦的「日語教學研究國際研討會」的專題研討會上所發表的短文。文章雖短，卻針對「為誰教日語？」、「為何教日語？」、「如何教日語？」等基本問題，

提出簡潔而扼要的見解，對於從事日語教育的同道或許有些參考的價值。

第三篇〈外國人のための日本語文法：考え方と教え方〉是一九九三年六月十九日在上述日語教學研究國際研討會上應主辦單位東吳大學之邀請所做的專題演講。這一篇論文概述近幾年來我對於日語語法教學與研究的看法，包括：「日語動詞的形態變化」、「形容名詞與動作名詞」、「形式名詞、形式形容名詞與形式副詞」、「動貌、時制與連詞的關係」、「動詞連用形的意義與用法」、「助詞的分類與功能」、「副助詞的意義與用法」、「虛詞與日漢詞義對照」、「趨向動詞的條理化」、「風格與體裁」等問題。這些問題大半都是過去幾年我在東吳大學日本文化研究所的專題演講或研討會中提出來討論的；相信本文對有志從事日語語法研究的同道，提供相當豐富的話題與分析的線索。

第四篇〈對比分析與語法理論：「X標槓理論」與「格位理論」〉，從當代「原則參數語法」的「X標槓理論」與「格位理論」的觀點，討論英語、日語、漢語這三種語言之間有關名詞組、動詞組、形容詞組（含連詞組）、小句子、大句子等結構與詞序的對比分析。文中對於原則參數語法的基本概念、主要原則系統以及如何分析句法結構儘量做了深入淺出地介紹。希望本文能夠對於主修日語而有志學習當代語法理論或從事日英、日漢等對比分析的同道提供了一個方便之門。

第五篇〈 A "Minimalist" Approach to Contrastive Analysis of English, Chinese and Japanese 〉本來是應去年八月舉行的 Pacific Asia Conference on Formal and Computational Linguistics 之邀請而準備的專題演講論文，卻因爲種種因緣拖到今年才完成。文中從「原則參數語法」最近發展出來的「最少性的理論」觀點，討論「論旨角色」的分類與公佈、「論旨網格」的登記公約、論旨網格的「投射」與條件限制、英漢日三種語言的對比分析與「語言類型」的比較等問題。雖然是用英文撰寫的，但是文字力求淺近，而所有基本概念與原則都一一交代清楚。本文對於對比分析、語言類型、以及機器翻譯等問題有興趣的同道當有助益。

第六篇〈 On Professor Fujii's 'Categories of Objects and the Verb BREAK: Conceptual System in Languages With and Without Classifiers 〉本來是一九九一年四月一日至六日在國立成功大學舉行的 Third International Conference on Cross-Cultural Communication: East and West 會上以論文講評人的身分發表的文章。主題是英語動詞' break '的五種用法以及與此相對應的日語動詞' 割る、折る、破る、壞す、崩す'，並檢討以日語、漢語、韓語等動詞類型與賓語名詞以及「名量詞」的類型之間的搭配現象來詮釋不同的語言之間有關動詞對應關係的可能性。

最後一篇附錄〈中日兩國の大學・企業間における交流及び役割〉是一九八九年應日本民間團體Pacific Network 21之邀請

與國立台灣大學電機系兩位教授前往東京所發表的演講。這個民間團體是以促進二十一世紀太平洋沿岸國家之間的學術與企業交流爲目的而成立的，所以會員有來自學術界的，也有來自企業界的。在這一篇演講裡，我對這些日本朋友提出一些他們可能不中聽的諍言。不過，會後有些與會人士卻跑過來跟我握手並告訴我：從來沒有聽過中國人對日本人說這麼直率的話。

　　這一本書想獻給我的五個弟妹。大弟廷尉主修電機，現在美國麻州大學任教；大妹淑貞主修心理，現在國立成功大學任教；二妹淑美主修社會工作，現在美國費城近郊從事社會工作；三妹淑英主修生化，現在國立台灣大學任教；三弟廷旭主修機械，現在私立大同工學院任教。我們六個兄弟姊妹早年失怙，三弟的名字還是我給他取的，在貧窮與奮鬥中一起度過悲歡歲月。他們視長兄的我如父，既能相親相愛，又能任勞任怨。祖母與母親相繼逝世後，我們相處的機會逐漸減少。十一年前皈依佛門之後，我也絕少給他們寫信。但是自從父親於一九四六年十月二十四日，我剛過十四歲的生日不久，遽然逝世以來，他們一直都能尊重我、聽從我、愛護我。由於少年無知而不更事，我在對他們的照拂與管教上犯了不少錯誤；不但說過不該說的話，還做過不該做的事。但是他們卻始終默默地忍受，從未發出半句怨言。父母在天之靈對於五個弟妹的成就定能感到欣慰，而我則以能做爲他們的"大哥"而感到驕傲。在此，祝願他們的家人個個都能平安、滿足而快樂！

湯　廷　池

一九九四年清明節

日語語法與日語教學

目　　次

私の「型破り」日本語教育：
回顧と反省

　　私は、昭和五十七年七月、台灣の國立清華大學に、外國語學科が創立された當初、不本意ながら暫くの間學科主任をつとめた經驗があります。その頃、私の專門である言語學の授業を、MITから招へいした若手の助教授に讓り、また適當な日本語教師が見つからなかったので、余儀なく私自身が初級日本語（每週三時間）と中級日本語（每週三時間）を前後二年にわたって教える、という羽目になってしまいました。小學校の頃、日本語を學んだという經驗しかなかった私、そして米國の大學院で日本語動詞句の變形文法について修士論文を書いたと

1

はいうものの、日本語語學には全然素養がなかった私、それが
教壇の上に立って五十音から俳句まで教える、という結果になっ
てしまったのです。當時、私は學科創立で忙しかった上に、毎
週十時間の授業を受け持っていたので、日本や米國で出版され
た日本語の教科書や教授法の論文を參考にしたり、他人の授業
を實地に參觀する暇などはありませんでした。それで、私自身
の言語學に對する理解に基づき、長年中學と高校の英語教師を
訓練してきた自分の經驗を生かして、私獨特の日本語の授業を
やってみようと思い立ちました。日本語教育の經驗が全くない
私が、五十の坂を半分も越した頃になって、日本語を教え始め
ているというので、一部の日本語教師が珍らしがり、日本語教
材についての問い合わせや、授業參觀の請求を受けたことがあ
りましたが、大方の目にはちょっと「風變わり」な先生の「型
破り」な授業のように映ったようです。もう七年前の昔に、た
だ二年間だけ教えた日本語ですが、當時を回顧しながら、私の
日本語の授業內容を紹介し、皆樣の御參考に供したいと思いま
す。

一、「イヤ・トレーニング」

「イヤ・トレーニング」(ear training)，即ち耳で音聲を
聞き分ける訓練の重要なことは、皆さんよく御存知のことと思
います。耳で聞き分けられない音聲を、口で言い分けること
は、事實上不可能なので、發音を教える前に、「聽音」(耳で
音聲を聞き分ける) 訓練に力を入れました。その方法として

2

は、まず片仮名・平仮名・ローマ字どの表記文字や記號を紹介する前に、ネーティブ・スピーカーによる日本語の發音をテープを通して聞かせ、生徒達の母國語である中國語や第一外國語と比較吟味するよう、勵ましました。生徒達は耳を澄まして聞いているうちに、ガ行音に輕く鼻音がかかっていることに氣付き、また母音の「ゥ」はちょっと中國語の〔u〕や英語の〔u, U〕と響きが違うのではないか、などと質問するようになりました。それで、生徒達を互いに向かい合わせて、これらの發音をさせ、口の形や舌の動き、そして顎や頬の筋肉の張り具合い等に、注意し比較するよう促しました。その結果、生徒達自身で、『日本語の「ゥ」は中國語の〔u〕や英語の〔U〕ほど口の形が丸くなっていない』、『日本語の「ゥ」と日本語の〔u〕は英語の〔u〕に見られるような、下から上に向がっての舌のグライドが認められず、またそれが故に、顎や筋肉の張り具合いも、英語のそれに比べてはるかに弛やかである』などの結論に達することができました。

　また、子音の紹介も、英語子音の音素の並び方と對照させるために、バ行・パ行・タ行・ダ行・カ行・ガ行の破裂音、ハ行・サ行の摩擦音、マ行・ナ行の鼻音、ラ行の流音、ワ行・ヤ行の半母音の順序に、紹介し練習をさせ、促音、拗音、撥音など比較的特殊な音聲は、一番最後にまわしました。

二、表記文字とローマ字表記法の紹介

　大半が日本語の五十音を、十分に聞き分けられ、また生徒

自身も、正しい發音ができるようになった頃を見計らって、ま
ず平仮名を、そして次に片仮名を教えました。平仮名と片仮名
の字形を、少しでも覺え易くするために、平仮名とその背後に
ある漢字の草書、そして片仮名とその背後にある漢字の楷書
と、都合二つの表を作り、生徒の參考にさせました。また仮名
文字を習い始めた頃、時時授業時間を利用して、五・六人ずつ
生徒達に黑板の前に出てもらい、私のディクテーションに從っ
て、平仮名や片仮名の書き取りをさせました。間違った形の文
字や、格好の悪い書き方を見付けた時は、すぐ黑板の上で訂正
し、クラスの生徒達一同に、各各のノートを使わせて練習をさ
せました。また、將來和英辭典を使うこともあろうと思い、日
本語のローマ字表記法を教えましたが、これは後に日本語動詞
の活用を教える時に、非常に役立ちました。發音も仮名文字に
練習の重心をおいている時は、單語の意味は強いて教えず、時
には無意味な音聲の組合わせさえ書き取らせていたのですが、
二週間も經つと生徒も學習意欲に燃え、自分達から進んで色色
な單語を覺え、それを口に出すようになりました。

三、日本語のモーラとアクセントについ
いて

日本語の發音、特にアクセントとリズムの正確を、期する
ために、どうしても、生徒達に日本語のモーラ（拍）の概念を
しっかりつかんでもらいたい、と思いました。それというの
は、英語專攻の中國生徒という言語背景があるので、ややもす

ると英語や中國語のシラブルの概念を、日本語に持ち込み易く、そのために、日本語のアクセントやリズムがちょっとおかしくなってしまうのです。そこで手を拍ちながら、モーラの數を數える練習をさせ、長母音は2モーラ、促音を伴う母音も2モーラ、撥音は獨立に1モーラ、同じ數のモーラを含む言葉は同じ長さと速度で發音するよう、練習させました。また、日本の歌や詩は、童謠・唱歌から川柳・俳句・短歌にいたるまで、5モーラと7モーラの組合わせを非常に好む、ということを知らせ、生徒と一緒に、「春がきた」や「籠の鳥」などを合唱したりしました。ところがこれが病み付きになり、生徒達は授業の度毎に、日本語の歌を教えよ、とせがむようになりました。それで、日本から童謠や小學校唱歌のテープを送ってもらい、授業がよくできたら、最後の五分間に褒美として、歌を聞かせて練習させることを、約束しました。好きこそものの上手なれの諺の通り、熱心というのは恐ろしいもので、相當テンポの早い歌でも、歌詞が聞き取れるようになり、次の授業の時間には、私が教室に入る前に黑板一杯に歌詞を書き出して、私をびっくりさせたこともありました。また、ある生徒は、何處からか宮澤賢治の「雨にもまけず」の詩をさがし出し、皆の前で暗唱して見せた後、現代日本の自由詩の中にも5モーラと7モーラの組合わせはよく見受けられるようだ、そしてこれは中國唐詩の「五絶」や「七絶」の影響を受けた結果ではなかろうかと話し合ったこともありました。

　次に、アクセントの授業ですが、これには少なからず苦勞

しました。小學校の頃に、日本語を習ってから四十數年も經っているので、長年チューナップ（調音）をしたことがないピアノ同然の私です。それに、よく考えてみると、私達の小學校の先生は、九州出身の方が多く、もともとアクセントの起伏に乏しい日本語を習っていたかも知れないのです。それでミニマル・ペア（minimal pair）を使って生徒と一緒にアクセントの違いを聞き分ける練習を始めました。まず、ネーティブ・スピーカーにお願いして、「カミ」（紙）・「ガミ（神）」・「ハシ（橋）・「ハシ（箸）」や「キル（著る）」・「キル（切る）」・「カエル（替える）」・「ガエル（歸る）」から「ハナ（鼻）が」・「ハナ（花）が」・「ハナ（端）が」や「カき（柿）が」「カキ」（垣）が」・「ガキ（牡蠣）が」に至るまで、アクセントの違いを對象にしたミニマル・ペアを、「カミ・カミ」、「カミ・ガミ」、「ハシ・ハシ」、「ハシ・ハシ」のように、單語の發音を一つずつ組み合わせて錄音してもらい、生徒はそれを聞いて、アクセントの型が「同じだ（same）」や「違う（different）」というふうに判斷するわけです。また、「カミ・ガミ・カミ」や「カミ・ガミ・ガミ」のような組み合わせ方でも錄音して貰い、生徒はそれを聞いて、第三の單語がもし第一の單語と同じアクセント型であれば「1」、もし第二の單語と同じ型であれば「2」、というふうに答える練習もさせました。こういう練習は、テストとしても使えるので、生徒達のアクセントに對する反應や問題點を、いち早くとらえることができました。例えば、中國の生徒は、一般に

日本語の自由・高低型アクセントを、英語式の固定・強弱型ア
クセントに、とらえたがる傾向があり、その結果、2モーラの
單語は頭高型に、3モーラの單語は中高型に發音する、また長
音や促音があれば、これらの音にアクセントの核をおくなどの
傾向があります。しかし、アクセントを耳で聞き分けられるよ
うになつても、それを口で正しく發音するのは大變なことでし
た。まず肝心な教師の私が、自分自身のアクセントに自信がな
く、意識して正しいアクセントを使おうとすると、卻つてぎこ
ちなく不自在な日本語になつてしまい、果ては同じ言葉を前後
違うアクセントで發音してしまう始末、自分ながらも呆れても
のも言えませんでした。それで台灣の交流協會を通して、日本
で色色な教科書やテープを買つていただき、それを生徒に自由
に借り出しさせて、學寮に歸つた後も努めて聞いて貰うように
しました。そして、生徒達に短い日本語の會話やスピーチを、
できるだけテープの發音・アクセント・プロミネンス・イント
ネーションを眞似て暗記暗唱するよう、毎週宿題を出しまし
た。その他、簡単な日本語のアクセントに關する規則（例え
ば「こ・そ・あ・ど」系統の指示詞の中、「これ・それ・あ
れ」などの指示詞はみんな平板型だが、「だれ・なぜ・なに・
いつ」など）などの疑問詞は頭高型である、動詞と動詞からな
る複合動詞から轉化した複合名詞（例えば、「見合い、乘り換
え、忍び泣き、やりそこない」など）はすべて平板型、形容詞
の語幹からできた2拍名詞（例えば「白・黑・赤・若」など）
はほとんど頭高型、「地理・無知・價値」など1拍漢字2字から

なる2拍複合名詞の多く頭高型、「春（はる）・哲（てつ）・千代（ちよ）・美枝（みえ）」などの2拍人名はすべて頭高型、動詞から出た「勇（いさむ）・進（すすむ）・保（たもつ）・守（まもる）」などの人名はすべて平板型、形容詞・形容動詞から出た「清（きよし）・宏（ひろし）・隆（たかし）・明（あきる）・豊（ゆたか）」などの人名はすべて頭高型など）を、生徒達と一緒に習い覺えていきました。しかし、ここで注意したいのは、生徒がまだ日本語を習い始めた頃、あまり發音やアクセントの細かいあやまちを、一一詮索するのも考えものだということです。初心者の發音訓練が大切なことは、いうまでもありませんが、それも度をこすと、生徒は興味を殺がれ、挫折感さえも起こしかねません。最近の言語教育は、「正確さ」（correctness）よりも「豊かな表現」（expressiveness）や「流暢さ」（fluency）を、重んずる傾向があります。特に、外國人に對する日本語教育という視點から問題を考えた場合、あまり發音や文法の面で、絶對的な正確さを要求すると、恐れをなして、口を開かなくなってしまいます。それよりも、たとえアクセントが少しおかしくてもかまわない、多少文法のあやまちがあつても恥じることはないと、生徒を勵まし力付けて、活潑に口を開かせる方が、もっと大事ではないのでしょうか。

四、中國人學生と日本語の漢字の問題

常用漢字の制限で、日本語の漢字の語彙數は相當減りまし

たが、それでも、中級日本語になると、漢字の語彙が多數出て
くるようになります。私は中級日本語の授業に、朝日新聞の「
天聲人語」をテキストに使つたことがありましたが、その時つ
くづく感じさせられたのは、中國人學生にとつて、漢字を知つ
ているということは、果してプラスになるのだろうか、という
問題でした。一般の人たちは、中國人は漢字ができるので、日
本語を學習する時には便利だ、と言います。しかし、日本語に
は、「頭取・番頭・丁稚小僧・心配・殘念・無念・不精（無
精）」など、中國語にはない和製漢語や和語が、たくさんある
ので、中國人學生は、卻つて漢字の意味が讀み取れず、當惑す
ることがあります。また、「勉強・稽古・迷惑・遠慮・利口・
眞面目・大家・店子・勿體（ない）」などの語彙は、中國語に
もありますが、日本語では、全く違つた意味に使われているの
で、卻つてまごついてしまいます。しかし、もつと困るのは、
中國人學生は目を通して漢字の意味を捉えることができる結
果、耳を通して漢字の語彙を聞き取つたり、口に出して漢字の
語彙を使つたりすることを、怠りがちだということです。ま
た、中國人學生は、日本語の文章を書く場合、漢字を使いたが
り、その結果、大和言葉の吸收が遲れがちになります。こう見
ると、中國人學生が漢字を知つていることは、プラスというよ
りも、むしろマイナスになるのかも知れません。そのために、
私はテキストに漢語が出るたび每に、生徒たちに漢字の發音（
音讀み）を當てさせるように努め、生徒が當てた發音が間違つ
ていたら、すぐその場で辭典を引くようにし向けました。こう

9

いう努力を重ねた結果、生徒たちは中國語の齒莖鼻音〔n〕は日本語の音讀みでも鼻音「ン」として發音されるが、軟口蓋鼻音〔ng〕は鼻音を失い、長母音に取って代わられること（例えば「銀行（ギンコウ）、緊張（キンチョウ）、音聲（オンセイ）」など）、中國語の唇音〔p, o, f, w〕と軟口蓋音〔k, g, x〕は日本語の音讀みではそれぞれハ行とカ行になること（例えば「配（ハイ）達・飛（ヒ）行・婦（フ）人・返（ヘン）事・保（ホ）險」と「會（カイ）社・歸（キ）國・苦（ク）難・計（ケイ）算そ古（コ）代など）、中國語のソリ舌音〔r〕は日本語の「ジ・ゼ」に取って代わられること（例えば「人（ジン）格・即日（ジツ）・自然（ゼン）」）など、日本語における漢字の音讀みと中國語の發音との間の對應關係を、次次と見つけていきました。そして中級日本語が終わりに近づく頃には、吳音と漢音の區別に氣づき出し、私の指導の下に吳音の鼻音は漢音の濁音に（例えば「今日（ニチ）」と「今日（ジツ）」・「人（ジン）格と「人（ニン）間」・「天然（ネン）と自然（ゼン）」、「千萬（マン）と「萬（バン）歲」）、吳音の濁音は漢音の清音に（例えば「伴（バン）奏」と「伴（ハン）侶」・「末期（ゴ）」と「期（キ）間」・「平（ビョウ）等」と「平（ヘイ）氣」・「斷食（ジキ）と「食（ショク）欲」・「強（ゴウ）情」と「強（キョウ）力」）などと、これら二通りの讀み方の背後にある對應規則を皆で一緒に探し出し、確かめていきました。その反面、日本語の漢字の表記法については、余りやかましく言いませんでした。本家本元の漢字

が、何も分家の日本語の漢字に讓ることもあるまい、という大國意識がどこか私の心中に潜んでいたのでしょうか。

五、日本語動詞の活用變化

　　台灣で日本語を習う生徒たちを見ていると、まずアクセントの習得でつまずき出し、次に動詞の活用變化で悲鳴をあげ、最後に和語・漢語・外來語などの厖大な語彙の數に直面して、手を擧げて降參してしまうようです。子供の頃、ごく自然に日本語を習い覺えた私たちは、動詞の活用變化で苦勞した記憶は全然ありません。それなのに、生徒たちは何故日本語の動詞活用は難しい、と悲鳴をあげるのでしょう。その原因の一つは、一段活用・五段活用・上一段・下一段・カ行變格・サ行變格などの專門用語は、生徒の耳にいかにも冷たく響き、またこの方法による動詞活用の整理の仕方は、既に日本語が達者な人たちには便利であつても、初心者にとつては、必ずしも有效な教え方ではない、ということにあるのではないでしょうか。まず、日本語の仮名文字は、音節あるいはモーラを單位にして作られた表記記號です。とことが、日本語動詞の活用は、音節やモーラではなく、音素を單位として變化します。その結果、肝腎かなめの音素は、仮名文字の影に隠れて見えないので、活用變化の實態がつかめにくくなってしまいます。もう多くの先生方が教室で使っておられる方法だとは思いますが、私は日本語の動詞を①語幹が二つの母音（「イ」（i）と「エ」（e）で終わる『母音動詞』と②語幹が九つの子音（「ク」（k）・「

11

グ」（g）・「ス」（s）・「ム」（m）・「ヌ」（n）・「ブ」（b）・「ッ」（t）・「ル」（r）・「ウ」（w））で終わる『子音動詞』、そして③「する・來る・行く・だ」を含む『不規則動詞』の都合三種類に分けました。この分け方と名稱は、少なくとも第一外國語として英語を學んだ經驗のある外國人學生にとっては、便利で近付き易いものだと思います。次に①「未然形」（-(r)u）、②「已然形」（-Ta）、③「連用形」（-Te）、④「命令形」（-{{r/y}o／e}）、⑤「意志形」（-(y)oo）、⑥「可能形」（-(rar)e-）、⑦「受動・尊敬形」（-(r)are-）、⑧「使役形」（-(s)ase-）、⑨「否定形」（-a)nai）などの接尾辭や接中辭を、それぞれローマ字で上記のように表記します。括弧の中に挟まれたローマ字の部分は、語幹が母音動詞であるか、子音動詞であるかによって、選擇が異なることを示します。例えば、⑨の否定形「-(a)nai」の括弧の中のローマ字は母音の「a」ですから、これは子音動詞は母音を含む「-anai」を取り、母音動詞は母音を含まない「-nai」を取ることを示します。また①の未然形「-(r)u」、⑤の意志形「-(y)oo」、⑥の可能形「-(rar)e-」、⑦の受動・尊敬形「-(r)are-」、⑧の使役形「-(s)ase-」などの括弧內のローマ字は、皆子音で始まっていますから、子音動詞はそれぞれ子音を含まない「-u、-oo、-e、-are、-ase」を取り、母音動詞はそれぞれ子音を含む「-ru、-yoo、-rare、-rare、-sase」を取ることになります。また、④の命令形の場合、子音動詞は母音で始まる「-e」を取り、母音動詞は「-ro・-yo」を取ります。最後に、②

の已然形と③の連用形の接尾辭の中にある大文字の「Ｔ」は「形態音素」（morphoneme）であることを示し、「ク（k）・グ（g）・ス（s）」などの語幹末子音の後に續くと母音「イ（i）」が挿入されて「イタ（ita-）」になり（「グ（g）」の後に續く場合は同化作用のために「イダ（-ida）」に、そして「ス（s）」の後に續く場合は口蓋化して「シタ（-sita）」になる）、「ム（m）・ヌ（n）・ブ（b）」などの語幹末子音の後に續くと撥音「ン（n）」が挿入されて「ンダ（-nda）」になり、また「ツ（t）・ル（r）・ウ（w）」などの語幹末子音の後に續くとその語幹末子音は促音「ッ（tt）」取って代わられて「ッタ（-tta）」になります。この音便變化は已然形「た（-Ta）」・連用形「て（-Te）」のみに限らず、仮定を表す「たら（-Tara）」や動詞句の並列を表す「たり（-Tari）」などの變化にも使われます。平板型に屬する母音動詞「（住所を）代える」と、頭高型に屬する子音動詞「（家に）歸る」を、例に取って、①から⑨までの活用變化に當てはめてみると、次のようになります：

a. ①代える（kae-ru）、②代えた（kae-ta）、③代えて（kae-te）、④代えろ（kae-ro）／代えよ（kae-yo）、⑤代えよう（kae-yoo）、⑥代えられる（kae-rare-ru）、⑦代えられた（kae-rare-ta）、⑧代えさせる（kae-sase-ru）、⑨代えない（kae-nai）

b. ①歸る（kaer-u）、②歸った（kae-tta）、③歸って（kae-tte）、④歸れ（kaer-e）、⑤歸ろう（kaer-oo）、⑥歸れ

る（ kaer-e-ru ）、⑦歸られた（ kaer-are-ta ）、⑧歸らせ
る（ kaer-ase-ru ）、⑨歸らない（ kaer-anai ）

　　母音動詞と子音動詞の區別は、動詞の未然形さえわかれ
ば、その接尾辭「 -Xu 」の「 u 」音の前の「 X 」が、母音（ i, e ）
か子音（ k, g, s, m, n, b, t, r, w ）かを、見分けるだけで判斷がつ
きます。唯一の問題は、母音「 e 」で終わる母音動詞の未然形
と、子音「 r 」で終わる子音動詞の未然形が、共に「……え
る（ eru ）」になることですが、「 e 」で終わる母音動詞には、
平板型や中高型が多く、「 r 」で終る子音動詞には、頭高型が
多いようですから、これを一つの手掛かりとし、この例外に屬
する動詞だけ暗記してみたらどうか、と指導しました。このよ
うな動詞活用の教え方は、意外に效果が早く、二週間足らず
で、殆どの動詞の活用變化を自由に驅使することができるよう
になりました。新しい動詞が出てきても、未然形さえ與えれ
ば、「 止める・止めた・止めて・止める・止めよう…… 」、「
止まる・止まつた・止まつて・止まれ・止まろう…… 」と歌で
も歌うように、そらんじることができました。

　　日本語の文法を教えるとき、常に心掛けていたのは、どう
すれば生徒がもつと簡單に、日本語の文法を習えるかというこ
とでした。例えば、條件や仮定を表す接續助詞「 と・ら・ば 」
は、その前に出てくる動詞の語形と結びつけて、「 ると・た
ら・れば 」と教えると、生徒の學習效果は、目に見えてよくな
りました。また、「 形容動詞 」は、形容詞的な役割を持った名
詞なので、「 形容名詞 」と名付ける方がよいのではないか、と

14

生徒に話したことがありました。何故ならば、いわゆる形容動詞「静か」の一連の使い方（「静かだ・静かだつた・静かになる・静かではない・静かなのに・静かならば」）は動詞よりも、例えば名詞「先生」の使い方（「先生だ・先生だつた・先生になる・先生ではない・先生なのに・先生ならば」）と共通しているからです。形容名詞と一般名詞の違うところは、前者が名詞を修飾するとき連體形「な」を取るのに對し、後者は屬格助詞「の」を取り、また前者は連用形「に」のみを取つて動詞の前に現れるのに對し、後者はさまざまな格助詞や副助詞を取つて動詞の前に現れるということにほかなりません。

六、日本語のケース・フレーム

　　いまちようど「助詞」という言葉が出てきたついでに、日本語の助詞とその教え方について、考えてみたいと思います。私達は、子供の頃、よく大人の口から日本語の「て・に・を・は」は難しいと聞かされていたので、日本語を學ぶ人達は昔から助詞でとても苦勞したに違いありません。私が台灣で試みたのは、日本語の助詞を動詞のケース・フレーム（case frame）、即ち動詞と共起する名詞句の意味格（あるいは意味役割）として教えることでした。まず、一項動詞「泣く」・「死ね」・「起こる」・「動く」などを舉げ、「誰が泣く」・「誰が死ね」・「何が起こる」・「何が動く」などのケース・フレームを使つて、主格助詞「が」が「動作主」や「主體」という意味役割をつとめることを教えました。次に、二項動詞「す

15

る」・「開ける」・「抱く」・「殺す」などを舉げ、「誰が何をする」・「誰が何を開ける」・「誰が誰を抱く」・「誰が誰を殺す」などのケース・フレームを通して、目的格助詞「を」が「對象」や「客體」という意味役割に使えることを數えました。その次に、三項動詞「言う」・「賣る」・「買う」・「貰う」などを舉げて、「誰が誰に何を言う」・「誰が誰に何を売る」・「誰が誰から何を買う」・「誰が誰から何を貰う」のケース・フレームで、格助詞「に」が著點の意味役割に使われていることを說明しました。こうして、「聞こえる：何が誰に聞こえる」・「行く：誰がどこへ行く」・「喧嘩する：誰が誰と喧嘩する」・「話し合う：誰が誰と何を話し合う」などと、新しい動詞が出てくる度每に、動詞を映圖のストーリーに、項を出演スターに、意味格を出演の役割に譬えるなどして、ケース・フレーム（いうならば出演スターの配役表）を生徒の頭の中に叩き込みました。私が教室を步き回りながら、片つ端から動詞を舉げていくと、生徒達は聲を揃えてケース・フレームを口ずさんだものでした。一週間も經つと、生徒は動詞のケース・フレームに慣れてきたので、新しい動詞が出てくると、生徒自身にケース・フレームを言わせました。また動詞の必要項以外の、副詞的な役割を果す項（例えば「する：誰がどこで何をする」の場所を表す「どこで」、「開ける：誰が何で何を開ける」の道具を表す「何で」、「働く：誰が何時から何時まで働く」の起點を表す「から」と著點を表す「まで」を）、順を追つて紹介してゆきました。また、係助詞「は」は、話題に付き

16

添う助詞として説明し、格助詞「が・を」が係助詞「は」の前に出たときは、格助詞を削除しなければならないが、と副助詞「に・へ・で・から・まで」などは、係助詞「は」の前に出ても削除してはならないということも教えました。（著點を表す格助詞「に」と「へ」に限って、日常会話の中で削除が可能であることは、後になってから話しました。）

　私はもともと文法の研究に興味を持っているので、授業中に生徒の求めに応じて、日本語の文法について分析したり説明したりするのは非常に楽しいことでした。子供の頃何気なく使っていた助詞や構文に、こういう統語論的な理由がひそんでいた、あるいはこういう一般的な説明をすることが出來るなどと、毎日楽しい発見の連続でした。中國に「教學相長（ずる）」（教える側と學ぶ側はお互いに助け合いながら進歩していくものだ）という諺がありますが、本當にそういうことを感じさせられるような日日の授業でした。しかし、その一面、私は日本語教育の本來の目的は決して文法の講義ではないと自分自身を戒め、必要以外に文法に關する説明をすることを極力控えるよう努力しました。

七、結び：「好きこそものの上手なれ」、「始まりがよければ半分なったも同様」、「終わりよければすべてよし」

　この結びの冒頭に、いきなり東西の諺を三つ持ってきたの

は、この三つの諺が私自身の日本語教育に對する考え方を、最も端的に表現していると思つたからです。私が語學教師として一番痛感させられたことは、語學教育の成功は決して學校の授業だけでもたらされるものではない、ということでした。私達の大學のように、一週間三回、そして一回五十分の授業だけでは、語學教育の成果を上げることができません。そこで、工夫を凝らし、交流協會からネーティヴ・スピーカーの先生を一人お招きして、初級と中級日本語のほかに、日本語會話という名目で毎週二時間授業時間を増やしました。また、交流協會から日本語のビデオ・テープを借りて生徒に見せたり、日本の友人に依頼してNHKの童謠・歌謠曲やラジオ・ドラマを錄音して貰い、生徒に聞かせたりしました。また、交流協會から日本で出版された日本兒童文學文庫・少年向きの讀み物・日本の地理歷史に關する本などを澤山寄贈していただき、生徒達に自由に借り出すことを許して讀ませました。日本語が上達するためには、まず生徒達が日本を理解し、愛することによつて日本語が好きにならなければならない、と思つたのでした。教室の片隅に疊を二枚敷き、その橫壁の上に日本の地圖・歷史年代表・四季に因んだ俳句の短冊などを張つてジャパニーズ・コーナ（Japanese corner）とでも呼ぶ場所を設けよう、という計畫も立てていましたが、これは經費の都合上實現できませんでした。

生徒達が日本語を習い始めた時、最初の一、二週間はみんな足並みを揃えてついて來ましたが、三週間目になると少しづつ落ちこぼれが出てくるようになりました。その時、私は功を

急がず、復習をしたり、授業の進度を少し遅らせたりなどして、落ちこぼれを引っ張り上げるように努力しました。習い始めてからたった三週間だけで落ちこぼれを出すのは、生徒の不勉強よりも教師自身の責任ではないか、と思ったからでした。また短い會話を二人づつ暗誦させる時には、よくできる生徒とさほどよくできない生徒を組ませ、お互いに助け合うよう指導しました。試験の答案も、成績の悪い子の答案は、間違いをできるだけ丁寧に直すように努め、慰めと勵ましの言葉を答案の上に書き添えました。また、テストの結果、クラスの三分の一近くが落第するようなことがあると、これは生徒の不勉強にも責任があるが、教師も責任の半分は負わねばならぬと素直に認め、落第した生徒に追試験の機會を與えました。その結果、生徒達もよく私の氣持を了解してくれ、眞面目に勉強してくれました。その結果、生徒の成績はめきめきとよくなりました。私が結びの冒頭に「好きこそものの上手なれ」ヒ「始まりがよければ半分なつたも同様」の諺を掲げたのは、このことを指しているのです、

　とは言っても、やはり二學期の終りには、四・五人の落第生を出してしまいました。學期試験の結果と學期成績が出た後、すぐ失敗した生徒のうちに電話を掛け、今學期の成績が落第であることを通知すると同時に、追試験の準備を指導するために、毎週宿題を郵便で送るから、必ず一週間以内に宿題をすませ、郵便で私のもとへ送り返してくれるよう、通告しました。工學部の男生徒が一人、非常に日本語が好きになり、その

ために卒業を一年間遅らせた程で、この生徒が私の助手を勤め
てくれ、送ってきた宿題を丁寧に直した後、生徒達の家に送り
返してくれました。落第生のうち、二人が二年目の二學期になっ
て、日本語の成績が全クラスのベスト十とベスト五にそれぞれ
入ってくれたことは、私を限りなく喜ばせてくれました。ま
た、初級日本語を教え始めた一年目の二學期に、日本アジア航
空主催の日本語スピーチ・コンテストに、生徒代表を送りまし
たが、日本語専攻の生徒が多數参加しているにも拘わらず、み
ごと特別賞をかち取ってくれました。これは何でもコンテスト
開催以來初めて授けた特別賞だそうで、その次の年のコンテス
トでも、私の生徒代表はまたまた特別賞をかち取りました。私
が當年教えた生徒の中には、その後日本交流協會や松下電器株
式會社の日本留學試驗に合格した者、あるいは台灣の日本商社
支店に勤め現在日本に派遣されている者もいます。たった二年
間の日本語授業、それも試行錯誤に滿ちた型破りな授業方法だ
ったのですが、生徒達の眞面目な努力のおかげで、どうやら無
事勤め上げたようです。それで冒頭の第三の諺「終わりよけれ
ばすべてよし」を引用したわけです。

　しかし、本當に「すべてよかった」のでしょうか。今ここ
で心靜かに、過去を振り返り反省してみると、「もっと良い方
法があったのではないか」、「私はベストを盡くさなかったの
ではないか」、という疑問を禁じ得ません。例えば、生徒の中
には將來大學院で言語學を志望するものが多かったとは言え、
私はあまり盛り澤山に言語學を生徒に詰め込んだ嫌いがありま

す。殊に、中國語の漢字の發音から日本語の漢字の音讀みを引き出すことを、生徒に求めたことは少しやり過ぎだったように感じます。當時の私は、英語の語彙は、二萬語あれば上級英語まで進めるが、日本語の語彙は三・四萬語もなければ中級日本語へも進めないと主張し、生徒の語彙の數を増やす意味においても常日頃から生徒達に日本語の本や文章をうんと讀め、そして分からない字や言葉に出會つても──辭典を引くな、漢字はその發音を當ててみら、大和言葉はその意味を當ててみろと言い聞かせていたのですが、これは間違つていたのでしょうか。

　もう將來二度と日本語を教えることは、恐らくないと思います。何時か昔の生徒に出會つたら、當時教えた日本語を、現在どれだけ覺えているか、尋ねてみたいと思います。そして、全然覺えていないと答えたら、また宿題を出すぞと威かしてみるつもりです。どうも有難うございました。

※本稿は日本東京外國語大學日本語學科の要望に應じて準備した講演の内容である。講演の目的で書いたものなので、丁寧體を使っている上に「演說調」になつている部分もあり、讀みづらいところ少からずあると思う。ご容赦を乞う。また、本文は、一九九〇年に刊行された『東吳日本語教育』12號19－28頁に發表していることをお斷りしておく。

日本語教育の問題點およびこれからの展望

　　過去三十年の台灣の日本語教育を顧みる時，それは苦難に満ちた荊の道であったと言っても過言ではない。終戰直前，六百萬を越える人口の約半數が日本語を解していた❶というのに，終戰と同時に，日本語は帝國主義侵略國の言語として排斥され，公衆の場所で使用することは禁じられに❷。今まで日本

---

❶しかし，王詩琅（ 1977 ）『 日本殖民地體制下的台灣 」（ 衆人出版社 ）の調査によると，1938 （ 昭和13 ）年の台北市の台灣人人口224,816人中，日本語を解する者は106,213人（ 約47.2％ ）に過ぎないという。

❷この邊の事情については，當時，國民政府から派遣され接收工作に與かった江彝定（ 1991 ）の回想錄『 走過關鍵年代－江彝定回憶錄 』（ 百力文化公司 ）を參照されたい。

語を日常語のように使い慣れていた人を含めて全ての人達が國
語として北京語を學習する必要に迫られ，日本語を少しずつ忘
れていった。新しい言語の習得は古い言語の「磨滅」（
attrition）を伴うと言われるが，それに近い現象が實際に起こ
ったのである。正式に日本との國交が回復した後も，日本映畫
の上映は許されず，テレビニユースの中に出て來る日本語でさ
え消されるのが實情であった。その後日本が世界の經濟大國と
なり，台灣の企業界に進出するにつれ，國内の日本語の人材の
需要が高まり，1960年以降私立大學に日本語學科が設置され
るようになるが，公立の大學（國立台灣大學）に日本語學科が
正式に成立するのは何と今年（即ち1993年）の夏になる。終戰
を去ること約半世紀にして，日本語は初めて英語やフランス
語，ドイツ語などと並んで外國語として日の目を見る譯であ
る。

　　　しかし，台灣の日本語教育が戰後荊の道を辿つたのは，必
ずしも歷史的・政治的或いはイデオロギー的な故ばかりではな
かった。日本語教育そのもののソフトとハードの貧困も禍いし
たのである。60年代私立大學に日本語學科が設置された時，國
内には日本の大學を卒業した人や日本語を流暢に話す人は少な
からず居たが，嚴密な意味での日本語學者や外國語教育として
の日本語教育の專門的な訓練を受けた日本語教師は居なかった
のである❸。

❸私立淡水大學（現在，淡江大學に改名）に初めて日本語學科が設け
　られた時，音聲學の教師がなかなか見つからず，曹欽源先生を介し
　て私に應援を求めてきたという經緯がある。

　また，當時外國人のための日本語の教科書は少なく，特に中國人の學生のために書かれた日本語の教科書は皆無というのが實情であった。日本語のLL教材やビデオテープはおろか，書籍や雜誌でさえも圖書館の片隅にほんのお供え物程度に並べてあつたと聞いている。その意味で，私は台灣の日本語教育を今日の盛況にまで盛り上げて來られた日本語教師の方方の努力と苦勞に頭が下がる思いである。

　しかし，その一面，台灣の日本語教育が英語教育などに比べて遙かに遅れて居り，色色深刻な問題を抱えて居る事實からも目を背けることは出來ない。台灣の日本語教育が現在直面し早急に解決を迫られている問題の幾つかを次に舉げよう。

一、誰のための日本語教育か

　言語教育に攜わる時，先ず學習者が誰であるかをはつきりとさせておく必要がある。台灣の日本語教育が日本語を母語としない人達のため，或いは「外國人のため」，もっと具體的に言えば「中國語を母語とする人達のため」の教育であるということについては異論はなかろう。それ故，日本語を母語とする人のために打ち立てられた國語學の内容と方法をそのまま台灣の日本語教育に持ちこんでくるのは當然無理である。また，日本語教育の學習者となる人達の母語（即ち日本語に對する外國語）は樣樣であるが，學習者の實數から言えば，アジアが世界の9割を占め，更に，中國・韓國・台灣は，アジアの中の9割を

占めていると言う❹。しかし，現在の日本語教育の内容と方法
は，必ずしもこれらの學習者の分布に應じたものになっていな
い。現在出版されている教科書や辭書は，英語を母語とする人
達を意圖したもの，或いは英語の使い手を學習者として教育す
る中で開發されたものが大多數を占め，中國語を母語とする人
達のための教科書や辭書は皆無に近いというのが實情である。
中國語と日本語は，或る字數の漢字を共有しているという事實
を除けば❺，發音も語彙も文法も大いに異なる二つの言語であ
る。中國語と日本語の相違は，英語と日本語のそれとはかなり
内容が違うし，中國語を母語とする人達が日本語を學ぶ時に遭
遇する困難や問題點も，英語を母語とする人達のそれに比べる
と，隨分趣を異にする。それ故，台灣の學習者のための日本語
教材や教授法は，中國語と日本語の比較對照を基盤にして模索
研究し作成されるべきものであるが，現實は中國語の特徵に即
したもの，或いは中國語を母語とする學習者の困難に對應した
ものとはなっていない。

二、何のための日本語教育か

　誰のための教育であるかということの次に，何のための教
育であるかについても考えなければならない。日一日と國際化

---

❹水谷修（1993）「何のための日本語教育か」，『言語』22卷1號
　p.22-29。
❺日本語と漢字を共有するということが，中國語を母語とする學習者
　にとって果たしてプラスになるのかマイナスになるのかについても
　，まだ充分に實證的な研究がなされていない。

する地球村の社會生活の中で，或いは刻一刻と激増する國際的な情報交流の經路の中で，日本語が果たす役割は著しく變貌しつつある。この時代背景の下で，日本語の學習はそれ自體が目的ではなく，單なる手段になりつつあるということが言えよう。即ち，單に日本語そのものを學ぶのではなく，日本語を通して，科學技術情報交流を圖るとか，經濟・貿易・生産活動の中で效果的な成果を上げるとか，外交・會議の活動の中で役立てるとか，異文化摩擦を解消し，丹滑な國際交流を促すとか❻，色々な目的達成が考えられるのである。「外國人のため」の日本語教育が，中國人學習者に即應した日本語の教材と教授法を要求するように，異なる目的達成のために，それぞれの目的に即應した日本語教材と教授法の開發を圖らなければならないのである。殘念ながら，台灣はおろか日本でも，これら「特殊目的のための日本語教育」（ Japanese for Specific Purpose ）は未だ重要視されておらず，開發に至っていない。

三、どんな日本語教育か

　　最後に，どんな日本語教育か，或いは日本語の教授は如何にあるべきか，について考えてみたい。言語教授法は，一番古い「文法譯讀法」（ grammar-translation method ）から，「オーディオ・リンガル法」（ audio-lingual approach ）や，「コグニティブ・アプローチ」（ cognitive approach ）を經て，最近の「コ

---

❻「何のため」の日本語教育かについては，上記，水谷修（ 1993 ）を参照されたい。

ミュニカティブ・アプローチ」（communicative approach），「
ナチュラル・アプローチ」（natural approach），「概念・機能
シラバス」（notional-functional syllabus），「タスク・ベース
の教授法」（taskbased laguage teaching），「トータル・フィジ
カル・リスポンス」（total physical response ＝TPR），「コミ
ュニティ學習法」（community language learning ＝CLL），「
サイレント・ウエイ」（silent way），「サジェストペディ
ア」（suggestpedia）などに至るまで數多くあるが，教師主導型
かそれとも學習者自律型か，言語體系と言語傳達のどちらを優
先するか，運用の正確さと場面對應の流暢さのどちらを取る
か，學習者の第一言語を考慮するかしないか，ニーズ分析がさ
れているかいないか，學習者の自律的學習意欲に對應できる
か，樂しく學べるか，など，異なった視點から様様な言語學習
や習得理論に對應する複合的産物として設計され提唱されてき
たのである❼。しかし，ここで注意しなければならないのは，
これらの教授法はそれぞれ長所と短所があり，"ザ・教授法"
と呼べるような唯一無二の萬能で明快な教授法は未だにないと
いうことである。例えば，「オーディオ・リンガル法」は初級
と中級レベルの發音・聽解と文型練習には効果的であるが，上
級レベルの文法能力の養成には「コグニティブ・アプローチ」
を，語用能力の養成には「コミュニカティブ・アプローチ」

---

❼これらの教授法の内容と特徴については，西原鈴子（1993）「日本
　語教授法はいかにあるべきか」，『言語』22巻1號p.38-44を參照さ
　れたい。

を，傳達機能の會得には「概念・機能シラバス」や「タスク・ベースの教授法」を，學習者自律型の授業では「サイレント・ウェイ」や「CLL」を，などと，それぞれの特長を活かした使い方を工夫することが肝要である。一時は嚴しく排斥された「文法譯讀法」でさえも，日本語の研究文獻を讀むことによって專門的知識を得るという學習目標には非常によくかなうものである。また，進學希望者，ビジネス關係者，技術研修者などの，學習者の異なるニーズに即應した教授法を選擇し工夫することも大切である❽。その意味で，現場で日本語教育に攜わる日本語教師は勿論，大學で日本語教授法の講義を擔當する教師も，常に新しい語學的知識や情報を吸收し，自分自身日本語を觀察し分析することによって，概念的な「アプローチ」（approach）や原則的な「メソッド」（method）に止まらず，微に入り細を穿つ具體的な「テクニック」にまで手が屆くような教授法の研究に精進すべきであろう。

 ⁖本文は，1993年6月20日に東吳大學で行われた「日本語教育國際シンポジウム」のパネル・ディスカッションにおける發言要旨である。病氣の私に代って、この要旨を讀んでいただいた摯友の董昭輝先生に心からよ禮を申しあげたい。

---

❽異なるニーズと教授法の組合せについては，上記，西原（1993）を參照されたい。

外國人のための日本語文法：考え方と教え方

0. はじめに

　　文法は學問として言語學者の重要な研究課題であると同時に，現場で言語教育に攜わる教師にとつても關心の的となる大切な問題である。私は，理論言語學，特に生成文法の研究を本職とする者であるが，長年，中學や高校の英語教師の訓練養成の仕事に關わって來た關係上，應用言語學，殊に英語と中國語の言語教育にも深い關心を抱いて來た。近年來，日本語の研究や教授法についても意見を述べることが多くなつたので，今日の講演を機會に，日本語の研究や教授法についていささか所見

を述べさせて戴くことにする。

　本論に移る前に，先ず，外國人に日本語の文法を教える場合，是非とも注意して戴きたい 5 つの基本原則を舉げよう。

(1)一般の教科書や教師によって使われてきた文法用語の定義と内容を，今一度吟味し，果たして妥當なものであるか檢討する必要がある。

(2)傳統文法，殊に國語學における諸諸の既成概念を再檢討し，外國人に日本語の文法を教えるに當たり，如何にこれらの概念を利用すべきかについて考慮する必要がある。

(3)學習者の「母國語」(native language, source language，即ち中國語や英語など) と學習の「目標語」(target language，即ち外國語としての日本語) との間における對照分析の視點から，如何に日本語を外國人に教えるべきかについて研究する必要がある。

(4)語義や意味が文法で果たす役割についても注意し，具體的にどのような方法で意味と文法の橋渡しをするのか策を練る必要がある。

(5)言語教育における言語分析と言語規則の一般化の重要性を充分に認識し，殊に文法規則を明確かつ簡潔に表現することによって、いわゆる「認知教授法」(cognitive approach) の下地になることが出來るよう努力する必要がある。

本論では以上のような原則に基づき，1.語形變化，2.名詞の作用 (形容名詞と動作名詞)，3.文法機能語，4.ダイクシス表現，5.文體などの問題について考えてみたい。

1.用言とその語形變化

　外國人が日本語を學ぶ時，日本語の動詞の活用變化で苦勞し，そこでつまずいて日本語の學習を放り出してしまうケースが多いが，傳統文法（國語學）で使われる「上一段」，「下一段」，「五段」，「サ變」，「カ變」といつた文法用語は，入門期の學習者の耳に如何にも冷たく響き，必ずしも有效，適切であるとは言えないようである。また，日本語の假名文字は，「音節」（syllable）あるいは「モーラ」（mora）を單位として作られたものである。だが，日本語動詞の活用は音節やモーラではなく，「音素」（phoneme）を單位として變化しているので，肝心要の音素は假名文字の陰に隱れて見えなくなり，活用變化の實態がつかみにくくなってしまう。そこで，學習者に分かり易いようにローマ字を使って音素を表し，日本語動詞を「母音動詞」（vocalic verb），「子音動詞」（consonantal verb），「不規則動詞」（irregular verb）の3つの範疇に分けた❶。

(1)a. 母音動詞：　語幹末尾が母音‘-e/-i’で終わるもの。國語

---

❶今から三十年前，私がテキサス大學の修士論文の中でこの動詞分類を取り上げた時は，まだ比較的新しい試みであったが，現在では言語學者や日本語學者の通說になっている。しかし，國內の日本語教育では相變わらず傳統文法の活用變化に沿った動詞分類が使われているようである。

學動詞分類の「下一段活用動詞」と「上一段活用動詞」に當たる。　例えぼ，'tabe(ru)'「食べる」，'mi(ru)'「見る」など。

b. 子音動詞：　語幹末尾が9つの子音'{-m/-n/-b/-t/-r/-w/-k/-g/-s}'のいずれかで終わるもの。　國語學動詞分類の「五段活用動詞」に當たる。　例えば，'yob(u)'「呼ぶ」，'kat(u)'「勝つ」，'hik(u)'「引く」など。子音動詞は更に變化の內容に應じて，「形態音素」(morphophoneme)'T'の前で撥音化する'{-m /-n/-b}'，促音化する'{-t/-r/-w}'，母音化して'i'音になる'{-k/-g}'，とそのまま'i'音を取る'-s'の3つの「自然類」(uatural class)に分けられる。

c. 不規則動詞：　子音動詞にも母音動詞にも屬さない不規則な語形變化をする動詞群。國語學動詞分類の「サ行變格活用動詞」や「力行變格活用動詞」に當たる。例えば，'sU(ru)'「する」，'iK(u)'「行く」，'kU(ru)'「來る」，'dA'「だ」(ローマ字大文字の'U, K, A'はこれらの音素が形態音素として不規則變化することを示す。「いらつしゃる」，「おつしゃる」，「くださる」，「なさる」などの尊敬動詞も命令形で「{いらつや／おつしゃ／くださ／なさ}い」と變化し，丁寧體で「{いらつしゃ／おつしゃ／くださ／なさ}います」と變化するので，活用變化の不規則な動詞の中に入れることが出來る。

また，以下に見ていくように動詞と形容詞を含む用言の語形變化について，「基本形」と「應用形」という區別を設け分類を試みた。先ず「基本形」について述べることにする。（'V'は動詞の語幹を，'A'は形容詞の語幹を表す。）❷❸

I. 基本形　　　　　動詞　　　　形容詞

1. 未然形：　V–(r)u　　　A–i

2. 已然形：　V–Ta　　　　A–katta

3. 連體形：　V–(r)u，V–Ta　　　A–i　　A–katta

4. 連用形：　V–Te　　　　A–kute

5. 中止形：　V–(i)(–)　　A–ku

6. i. 否定形：　　V–(a)na–(i)

　　ii. 否定連用形：　　V–(a)nai　で

　　iii. 否定中止形：　　V–(a)zu　（に）

ここで未然形の表示を'V–(r)u'としているのは，母音語幹（受動詞接辭など母音で終わる接辭で終わるものを含む）の直後であれば，'tabe-ru'「食べる」，'mi-ru'「見る」，'yom-

---

❷用言語形變化の名稱について，「未然形」，「已然形」，「連用形」，「中止形」などの代わりに，「る形」，「た形」，「て形」，「ます形」など學習者にとつてより呼び易い名稱も考えられるが，本文では音聲形態よりも，意味表示に重點を置きたいので，敢えて前者を選ぶことにした。

❸動詞と形容詞の連體形が，それぞれ動詞と形容詞の未然形と已然形の音聲形態と一致することに注意されたい。

ase-ru'「讀ませる」，'yom-are-ru'「讀まれる」などのように'r'が現れ，子音語幹（丁寧體接辭など子音で終わる接辭で終わるものを含む）であれば，子音と子音の結合を許さないので，'yob-u'「呼ぶ」，'kak-u'「書く」，'tat-u'「立つ」，'tabe-mas-u'「食べます」などのように'r'が現れないことを示す。

　　また，已然形や連用形の表示に，大文字の'T'を使って'V-Ta'，'V-Te'としているが，'T'はいわゆる「形態音素」であり，その變化は次に示すようなものである。

(2)　已然形，連用形にみる子音動詞の3つの自然類

(i)　$\begin{bmatrix} m \\ n \\ b \end{bmatrix}$ -Ta/Te → nda/nde　　（んだ／んで）

(ii)　$\begin{bmatrix} t \\ r \\ w \end{bmatrix}$ -Ta/Te → tta/tte　　（った／って）

(iii)　$\begin{bmatrix} k \\ g \\ s \end{bmatrix}$ -Ta/Te → $\begin{bmatrix} \text{ita/ite} \\ \text{ida/ide} \\ \text{sita/site} \end{bmatrix}$　（いた／いて）（いだ／いで）（いた／いて）

　　これは，日本語の音節構造あるいはモーラ構造が'C（子音）＋V（母音）'という結合しか許さないために，子音語幹に子音で始まる接辭が付加された場合，'C＋C＋V'という

結合は許されず，2番目の子音が特殊音節（撥音や促音）化したり，母音‘i’になつたり，あるいは子音の後に母音‘i’を挿入したりして子音と子音が直接結合することを妨げるからである。このように，ローマ字を使い，母音と子音の區別を活かして日本語動詞活用變化の規則性を說明すると，學習者にとつては頗る便利である。もつとも，中には「著る」と「切る」，「變える」と「歸る」のように‘r’の前が‘i’や‘e’である場合，母音動詞‘ki-(ru)’，‘kae-(ru)’であるか，子音動詞‘kir-(u)’，‘kaer-(u)’であるかの區別がつけにくいものもある。‘r’の前が‘a, u, o’である場合は必ず子音動詞であるのに對し‘r’の前が‘i’や‘e’である場合は大多數が母音動詞であるが，例如的に子音動詞である場合もある譯である。このような場合，アクセントや表記法の違いが手掛かりになることがある。一般に母音動詞は平板型（例：‘ki-ru’，‘kae-ru’）であり，子音動詞は（促音化と關係があるため）頭高型（例：‘ki r-u’，‘ka er-u’）である。また，動詞語幹が‘e’で終わる母音動詞は「代える」，「變える」，「替える」，「換える」，「交える」，「買える」，「飼える」のように表記上「え」が現れるのに對し，子音動詞は「歸る」，「返る」のように表記上「え」が現れないことを指摘するのも學習者にとつて何らかの參考になろう。

　　不規則動詞について，‘su-ru’「する」，‘ik-u’「行く」，‘ku-ru’「來る」，‘da’「だ」の語幹はそれぞれ‘sU-’，‘iK-’，‘kU-’，‘dA-’で表し，語幹の末尾

の末尾の大文字は（已然形，連用形の‘T’と同じく）形態音素を意味する。例えば，これらの不規則動詞に已然の‘-Ta’を付加すると，それぞれ‘s i-ta’，‘i t-ta’，‘k i-ta’，‘da t-ta’のようになり，命令形もそれぞれ‘s e-yo/s i-ro’，‘i k-e’，‘k o-i’（‘da’に命令形はない）のように不規則變化する。また，この4つの動詞に相當する英語の動詞は，それぞれ‘do’，‘go’，‘come’，‘be’であり，これらは日常最もよく使われ，幼兒によって最も早く習得されるが故に，不規則な變化を呈するのではないかということが容易に察知される。

　動詞の基本形の中で，「終止形」（接辭や助動詞を介さず，文末に起こり得る形）は1.未然形2.已然形（6.否定形の未然，已然を含む）の2つで，それ以外を「非終止形」とする。「終止形」である未然形，已然形と，「連體形」に屬する未然形，已然形との違いは，「終止形」の未然形，已然形が文末ないし接續詞の前に位置するのに對し，連體形は名詞の前に現れ，名詞を修飾して名詞句を作る所にある。説明上，未然形と已然形は，終止形にも連用形にも使えると言い換えてもよい。

　また，名詞（〔＋N〕）の前に現れ名詞を修飾する用言の語形を「連體形」（adjectival）と稱するのに對し，名詞以外のもの（〔－N〕）の前に現れ，これらを修飾する場合，この語形を「連用形」（adverbial）と呼ぶ。

　學習者にはなるべく平易な用語や分かり易い記號を使って

文法機能を說明するよう努めることが大切である。そこで連用形を‘ V-Te ’のように表記しておけば，大文字の‘ T ’からその語形變化は已然形の‘ V-Ta ’の變化と同じであることが容易に分かるという譯である。

次に，「中止形」の‘ V-(i)(-) ’（いわゆる「音便化」しない「連用形」）は，母音動詞の場合，「中介母音」(epenthetic vowel) の‘ -i(-) ’が消えて，例えば‘ tabe(-) ’「食べ」となり，子音動詞の場合，中介母音の‘ -i(-) ’が現れて，例えば‘ yom-i(-) ’「讀み」となる。中止形は「本を讀み，字を書く」のように，必ずといってよいほど後に讀點を付ける。また「映畫を觀に行く」のように，目的を表す助詞「に」が付くこともある。更に「讀み書き」，「私の考え」，「父母の教え」のように，名詞化した形としても使える。「讀み方」，「食べ放題」，「走り幅跳び」のように複合語の中で複合形として前項動詞の成分となることもある。

動詞と形容詞の肯定形に對應して，否定形にも「未然形」‘ V-(a)na-i ’（ 〜(a)ない），‘ A-ku-na-i ’（ 〜くない），「已然形」‘ V-(a)na-katta ’（ 〜(a)なかった），‘ A-ku-na-katta ’（ 〜くなかった），「連用形」‘ V-(a)na-ku-te (〜(a)なくて）／V-(a)na-i de (〜(a)ないで）’，‘ A-ku na-ku-te (〜くなくて）’，「中止形」‘ V-(a)na-ku (〜(a)なく）／V-(a)zu (〜(a)ず）’，‘ A-ku na-ku (〜くなく）’などの語形變化がある。動詞「否定中止形」の‘ V-(a)zu ’は動詞「肯定中止形」の‘ V-(i) ’と同じように，殆どと言ってよいほど

39

後に讀點か助詞「に」が付く。

　このように動詞の語形變化に語義内容の透明な名稱をつけ，なおかつ簡單な圖式・公式でまとめあげれば，學習者の記憶の負擔が減り，覺え易いのではなかろうか。

　次に「應用形」について見ていくことにする。

　先ず，「應用形」のうち，i)ヴォイス表現，ii)モダリティー表現，iii)ムード表現の3つについて見ていく。

Ⅱ、應用形

　i) ヴォイス表現

　　1.使役：V-(s)as(e)-　（～{さ／a}{せる／す}）

　　　　　「食べさ{せる／す}」，「書か{せる／す}」

　　2.受動：V-(r)are-　（～{ら／a}れる）

　　　　　「食べられる」，「書かれる」

　　3.使役受動：V-{(s)as(er)are}-

　　　　　　　（～{させられる／a{せら／さ}れる}）

　　　　　　　「食べさせられる」，「書か{せら／さ}れる」❹

　ii) モダリティー表現

　　1.可能：V-((ra)r)e-　（～{ら)れ／e}る）

　　　　　「食べ(られ)る」❺，「書ける」

---

❹使役受動の'-(s)as(er)are-'の'(er)'の省略は子音動詞に限り許されることに注意されたい。

❺「食べられる」が正しい言い方であるが，一部の方言と若い世代の間では「食べれる」がよく使われている。

2.蓋然：V-(i)｛e/ u｝r-　（～(i)｛え／う｝る）

　　　　「食べ｛え／う｝る」，「起こり｛え／う｝る」

3.願望：V-(i)ta-(i)　（～(i)たい）

　　　　「食べたい」，「書きたい」

4.渇仰：V-(i)tagar-　（～(i)たがる）

　　　　「食べたがる」，「書きたがる」

5.容易：V-(i)｛yasu/ yo｝-(i)　（～(i)｛やす／よ｝い）

　　　　「食べ｛やす／よ｝い」，「書き｛やす／よ｝
　　　　い」

6.困難：V-(i)｛niku/gata｝-(i)　（～(i)｛にく／がた｝
　　　　い）

　　　　「食べ｛にく／がた｝い」，「書き｛にく／が
　　　　た｝い」

7.依頼：V-Te hosi-(i)　（～て欲しい）

　　　　「食べてほしい」，「書いてほしい」

8.不可能：V-(i)kane-　（～(i)かねる）

　　　　「食べかねる」，「書きかねる」

9.無保證：V-(i)kane-na-(i)　～(i)かねない）

　　　　「食べかねない」，「書きかねない」

iii）ムード表現

　1.意量：V-(y)o:　（～｛よ／o｝う）　A-karo:（～かろ
　　　　う）

　　　　「食べよう」「書こう」，「嬉しかろう」

41

2.否定推量：V-((r)u)-mai ❻　　（～{（る}／u｝まい）

　　　　　「食べ（る）まい」，「書くまい」

3.命令：V-{{ro/ yo｝／e}　　（～{ろ／よ｝／e）

　　　　　「食べ{ろ／よ｝」，「書け」

4.禁止：V-(r)u na　　（～{ろ／u｝な）

　　　　　「食べるな」，「書くな」

　　表中のモダリティーなどの内容に關する意味表示は，教授
の便をはかるために出來るだけ平易な名稱，「"そのものずば
りの語義レッテル"を貼る」ように努めた。'x-'が「語
根」（root, stem）を表し，'-x'が「接尾辭」（suffix）を表
すのに對し，'-x-'は「接中辭」（infix）（即ち語根または
他の接中辭の後に付くと同時に接尾辭を取る）を表す。また，
接中辭の後に續く'-(i)'は形容詞の未然形を表し，接中辭を
付けた後の語根が形容詞化することを示す。

　　中國語の文法用語を使う場合，「使役」の'-(s)as(e)-'は
使役（例：「太郎を公園に行かせる」）にも讓步（例：「太郎
に公園に行かせる」）にも使えるので'使讓（形）'と名稱を付
けるのもよかろう。

　　なお，基本形もモダリティーやムード表す用法を持つこと
がある。例えば，連用形'V-Te'は「食べて（{くれ／くださ
い｝）」のように依賴表現に用いられることがあるし，中止形

---

❻否定推量'-((r)u)mai'の'(ru)'の省略は母音動詞に限り許される
　ことに注意されたい。

に「な」がついた‘ V-(i)-na ’は「食べな (さい)」のように關東方言のくだけた口語で氣さくな勸誘を表す。

　iv) アスペクト表現

　(a)動作相アスペクト

　　1.將現：V-(i)kakar-　（ ～(i)掛かる ）

　　　　　「食べかかる 」,「書きかかる 」

　　2.始動將現：V-(i)kake-　（ ～(i)掛ける ）

　　　　　　「食べかける 」,「書きかける 」

　　3.始動：V-(i)das-　（ ～(i)出す ）

　　　　　「食べだす 」,「書きだす 」

　　4.開始：V-(i)hajime-　（ ～(i)始める ）

　　　　　「食べはじめる 」,「書きはじめる 」

　　5.自動・他動終結：V-(i)owar-　（ ～(i)終わる ）

　　　　　　　「食べおわる 」,「書きおわる 」

　　6.他動終結：V-(i)oe-　（ ～(i)終える ）

　　　　　「食べおえる 」,「書きおえる 」

　　7.全終：V-(i)tukus-　（ ～(i)盡くす ）

　　　　　「食べつくす 」,「書きつくす 」

　　8.完終：V-(i)-kir-　（ ～(i)切る ）

　　　　　「食べきる 」,「書ききる 」

　　9.完了：V-Te simaw-　（ ～て了う ）

「食べてしまう」，「書いてしまう」❼

10.完成：V-(i)age-　（～(i)上げる）

「書あげる」

(b)繼續相アスペクト

1.進行繼續：V-Te i-　（～て居る）

「立てている」，「立っている」

2.預備存在：V-Te ar-　（～て有る）

「立ててある」，「書いてある」

3.處置：V-Te ok-　（～て置く）

「立てておく」，「書いておく」

4.進行：V-tutu ar-　（～つつある）

「立てつつある」，「書きつつある」

5.繼續：V-(i)tuzuke-　（～(i)續ける）

「立て續ける」，「書き續ける」

6.並行：V-(i)nagara　（～ながら）

「立てながら」，「書きながら」

7.試行：V-Te mi-　（～て見る）

「立ててみる」，「書いてみる」

8.誇示：V-Te mise-　（～て見せる）

「立ててみせる」，「書いてみせる」

---

❼「（～(i)掛かる）」や「（～て了う）」のようにアスペクト表現な
どをわざと漢字表記を使うことによって中國人學習者の意味理解な
いし記憶の便をはかるようにした。但し，實際の現代語表記ではア
スペクト表現などの後置成分はひらがな表記するのが普通になって
いるものもあるのでその點も指導するとよい。

9.充足：V-(i)tari-　（～(i)足りる）

　　「立てたりる」，「書きたりる」

10.過剰：V-(i)sugi-　（～(i)過ぎる）

　　「立てすぎる」，「書きすぎる」

　　アスペクトを　(a)「動作相アスペクト」（動作の始點や終點に關連したアスペクト表現）と(b)「繼續相アスペクト」（動作の經過や繼續に關連したアスペクト表現）の2つに分けた。出來ることなら，各各のアスペクトに異なった名稱，しかも，アスペクトの内容を如實に物語るような名稱をつけることが望ましい。また，漢語や漢字を使う場合，日本語でも中國語でも理解出來るようなものを選ぶように努めたい。アスペクトの意味内容が似通っている場合は，自動詞と他動詞の違いに應じて，例えば，「自動の終結」，「他動の終結」といった具合に命名し，次のような例文を擧げれば，學習の手がかりになることであろう。❽

　(3)　手紙が書き終わったのはもう夜中のことでした。

　　　（自動の終結）

---

❽この結果，同じ受動文でも「きのう雨に降られた」の「降られた」は自動詞に屬し，「きのうバイクを盗まれた」の「盗まれた」は他動詞に屬することになる。　また，日本語の自動詞と他動詞を區別する必要性，可能性や認定基準などについては，鳥飼（1993）を參照されたい。

(4) 手紙<u>を</u>書き<u>終えた</u>のはもう夜中のことでした。
（他動の終結）

　なお，自動詞と他動詞についてはここでは詳説しないが，最も簡單で文法機能の說明上役に立つ區別の仕方は，目的格の「を」を取るものは他動詞，目的格の「を」を取らないものは自動詞，という捉え方である。この區別に依れば，次の(5)の例文は，皆，自動詞を含み，(6)の例文は，皆，他動詞を含むことになる。

(5)a　君はいつ山<u>に</u>登るの。

　　b　君はどこで<u>バから</u>降りたの。

　　c　誰が公園<u>へ</u>行つたの。

(6)a　君はいつ山<u>を</u>登るの。

　　b　君はどこでバス<u>を</u>降りたの。

　　c　誰が太郎<u>を</u>公園へ行か｛せ／し｝たの。❾

　次に，アスペクトの例について見てみることにする。
　「進行繼續」の‘ V-Te i- ’（～ている）は，動作を表す「動的動詞」(dynamic verb, actional verb；「有情動詞」と呼んでもよい) の後では動作の進行を表すが，狀態を表す「靜的動詞」(stative verb；「非情動詞」と呼んでもよい」の後では結

---

❾「行かせた」は使役形，「行かした」は他動詞で方言的な使い方である。

果狀態の繼續を表す。❿

  (7) 電車がレールの<u>上</u>を<u>走っている</u>。   （動作の進行）

  (8) 電車が<u>混んでいる</u>。 （結果狀態の繼續）

  しかし，次の例文のように，同じ動詞「走る」が動的動詞と靜的動詞の2とおりの使い方を持つこともあり，注意を要する。

  (9) あっ，太郎が<u>走っている</u>。   （動作の進行）

  (10) この町はバスが<u>走っている</u>。   （結果狀態の繼續）

  次に，「進行繼續」‘V-Te i-’，「予備存在」‘V-Te ar-’，「處置」‘V-Te ok-’のアスペクトについて考えてみよう。

  (11) 看板を<u>立てている</u>。 （進行繼續）

  (12) 看板が<u>立ててある</u>。 （予備存在）

  (13) 看板を<u>立てておく</u>。 （處置）

  (11)の進行を表す「看板を立てている」では，看板を立てている動作主がはっきりと主語あるいは話題として（例えば「太

---

❿「｛有情／非情｝動詞」と「｛有情／非情｝主語」との間にマッチング現象が見られることに注意されたい。

郎が」,「太郎は」というふうに)文中に現れることが出來る。ところが。⑿の予備存在を表す「看板が立ててある」では「看板」が主語であり,動作主が表に出て來ることはない。また,⒀「看板を立てておく」でも動作主が前に出て來ることが出來る。

(14)　<u>太郎{が／は}看板を立てている。</u>

(15)　*<u>太郎は看板が立ててある。</u>

(16)　<u>太郎{が／は}看板を立てておく</u>(ことにする)。

⒁,⒂,⒃の例文は,アスペクトの存在が自動詞と他動詞の機能に關與する事情を物語つている。

一方,動詞「流れる」が予備存在や處置のアスペクトを取ると非文になるのは,「流れる」はいわゆる「非情動詞」に屬し,水や風といつた自然の力を表す主語名詞の下では,進行繼續のアスペクトは取ることが出來るが,動作主の介入を許さないので予備存在や處置のアスペクトを取ることが出來ないからである。

(17)　<u>水が流れている。</u>　（進行繼續）

(18)　*<u>水が流れてある。</u>　（予備存在）

(19)　*<u>水を流れておく。</u>　（處置）

v) ダイクシス表現

1. 授惠：V-Te { yar ／age ／sasiage } –

   （～て｛遣／上げ／差し上げ｝る）

   「書いて｛や／あげ／さしあげ｝る」

2. 受惠：V-Te { kure ／kudasar } – （～て｛吳れ／下さ

   ｝る）

   「書いて｛くれ／ください｝る」

3. 請惠：V-Te { moraw ／itadak } – （～て｛貰う／戴

   く｝）

   「書いて｛もらう／いただく｝」

4. 持參：V-Te kU- （～て來る）

   「持って來る」

5. 攜行：V-Te iK- （～て行く）

   「持って行く」

6. 目的：V-(i) ni { iK ／kU } – （～(i)に｛行く／來る｝

   ）

   「食べに｛行く／來る｝」

7. 尊敬：V-(r)are- （～｛ら／a｝れる），

   「食べられる」，「書かれる」

   ｛o/go｝｛V-(i)/VN ｝ni nar- （｛お／ご｝～(i)

   になる），

   「お食べになる」，「お書きになる」，「御覽

   になる」

   VN nasar- （～なさる）

   「研究なさる」

8.謙讓：｛ o/go ｝｛ V–(i)/VN ｝｛ sU/ itas ｝–

｛お／ご｝～(i)｛する／致す｝）

「お知らせ｛する／いたす｝」，「お讀み｛する／いたす｝」，「御報告｛する／いたす｝」

「ダイクシス」（deixis，直示）表現とは，表現内容が話し手と聞き手の關係に關わる場合，それを文法的に表すものであるが，傳統文法のいわゆる「待遇表現」と呼ばれるものを含む。1.～3.はいわゆる「授受表現」や「やりもらい表現」と呼ばれる表現で，前には動詞の連用形がくる。4.～6.は話し手と主詞名詞の間の動作の位置や方向を表現する。7.と8.は敬語表現である。

vi) 接續表現

1.條件	動詞	形容詞	形容名詞
a.一般條件：	V–(r)uto	A–ito	AN dato
	～｛る／u｝と	～いと	～だと
	食べると	おいしいと	滿足だと
b.假定條件：	V–Tara	A–kattara	AN dattara
	～｛た／だ｝ら	～かったら	～だったら
	食べたら	おいしかったら	滿足だったら
c.充足條件：	V–(r)eba	A–kereba	AN de areba
	～｛れ／e｝ば	～ければ	～であれば

	食べれば	おいしければ	満足であれば
d.譲歩條件：	V-(r)unara	A-inara	AN nara
	〜｛る／u｝なら	いなら	〜なら
	食べるなら	おいしいなら	満足なら
2.譲歩：	V-Temo	A-kutemo	AN demo
	〜｛て／で｝も	〜くても	〜でも
	食べても	おいしくても	満足でも
3.並立：	V-Tari	A-kattari	AN dattari
	〜｛た／だ｝り	〜かつたり	〜だつたり
	食べたり	おいしかつたり	満足だつたり
4.並行：	V-(i)｛nagara/tutu｝	〜(i)｛ながら／つつ｝	
	食べながら　食べつつ		
	書きながら　書きつつ		

上に掲げたのは，用言の基本形に助詞や接辭を付加した形式で，條件，譲歩や並立，並行などのアスペクト概念を表す。文脈によって（例えば口語などで）は文末表現として使われることもあり，從つてモダリティーやムードの概念を表し得る。

　　條件形は，動詞に接辭「と，ら，ば，なら」がついた條件を表す形式であるが，「と」が付く形式は「一般條件」を，「ら」が付く形式は「假定條件」を，「ば」が付く形式は「充足條件」を，「なら」が付く形式は「譲歩條件」を表すものとし

て分類することにする。⓫

「と」は「現實（世界）」（relias, the real world）に關する一般的，必然的な因果關係を表す條件用法で，「ら」は「非現實（世界）」（irrelias, the possible world）に關する假定や憶測を表し，假定や憶測を表す副詞と共起しうる。例えば下の例文のように假定の副詞「万が一」が文全體にかかる場合は「と」を使った文は許容度が著しく落ちる。

⒇ 万が一，雨が降ったら，遠足は延期になります。
（假定條件）

(21) ？万が一，雨が降ると，遠足は延期になります。
（一般條件）

「ば」を使った文は「これさえあれば足りる」というような充足條件の意味を表す。⓬

(22) 君さえ承知してくれれば，すぐに實行に移せるのだが。
（充足條件）

一方，「なら」は「あなたがそう言うなら」というような

⓫名詞と形容名詞は「なら」の前では指定動詞「だ」を取らないことに注意されたい。

⓬「トイレに行きたければ廊下の突き當たりにあります」のように「充足條件」から外れた，いわゆる「修辭的條件文」としての使い方もある。

讓步の意味を含む條件を表す。

 (23) <u>もし</u>，行つてくれ<u>るなら</u>，僕は大助かりです。
   （讓步條件）

 これらは他の機能語と同樣，動詞の活用形と接續の表現の共起關係として分析出來る。從つて，授業の現場においても，條件表現を，接辭「と，ら，ば，なら」だけの問題として取り出すよりも，接辭とアスペクト間の共起關係（即ち，變化形のどの形と共起するのか；未然形「る」か，已然形「た」か，それとも疑似命令形「れ」か）に注意させるために，「ると」，「たら」，「れば」，「るなら」の形で定著をはかることが望ましいと思われる。

 なお，條件を表す形式のうち，「假定條件」と「充足條件」は從文として條件を表すだはでなく，くだけた口語では單獨に現れ，上昇調のイントネーションで，後ろに「いいと思います」，「どうですか」，「どうでしょう」などを伴う場合と同じ意味の「忠告のモダリティー」を表す。

 (24) 早く行つ<u>たら</u>。
 (25) 早く行<u>けば</u>。

 讓步を表す形式は，いわゆる「逆接」の接續表現❸に當た

──────────
❸この他「逆接」の接續表現には動詞や形容詞の終止形に付く「が，けれども，のに」などもある。また，名詞と形容詞は「のに」の前で「だ」の代わりに「な」を取ることに注意されたい。

り，從文として條件が結果的には成立しないことを意味する。

 ⒄ どんなに食べても太らない。
 ⒄ いくら安くても買えない。

  讓步を表す形式は口語で單獨に現れ，後ろに「困ります」，「だめだと思います」などを伴う場合に近い意味の，「躊躇のモダリティー」を表す。

 ⒅ そんなこと言われても。
 ⒆ そんなことおっしゃっても。

  並立を表す形式は動作名詞的な性格の變化形で，動作名詞のように後に「輕動詞」(light verb) の「する」を伴う。

 ⒆ 踊ったり，歌ったりする。

  同時進行を表す並行の「ながら」と「つつ」は動詞の中止形に接續し，いずれもある動作と他の動作とが同時に行われる意を表す。また，狀態を表す述語が「つつ」や「ながら」の前に來る場合は讓步の意味を表す。更に「つつ」は後ろに「ある」を伴って進行のアスペクトを表す。

 ⒆ 道を歩き｛ながら／つつ｝本を讀む。

(32)　それを知り｛ながら／つつ｝（も）頼むのだ。

(33)　改善を望み｛ながら／つつ｝（も），こんな事態に至ってしまった。

(34)　現在，檢討しつつある問題

2. 形容名詞と動作名詞

2.1.　形容名詞

　　ここで取り上げる形容名詞とは，傳統的には「形容動詞」として扱われてきたもののことである。「形容動詞」は歴史的には形容詞の活用の不備を補うために發達したもので，語彙數の少ない日本語形容詞の欠點を補い，その數はかなり豊富である。漢語や外來語に由來するが，特に漢語系のものが多い。文語では普通，ラ變動詞に似た「ナリ活用」（例：「靜かなり」，「丁寧なり」）と「タリ活用」（例：「堂堂たり」）の2種を指して言う。また，口語では指定の助動詞「だ」とほぼ同じ活用のもの（例：「靜かだ」，「丁寧だ」）を指して言う。

　　この「形容動詞」という名稱は，機能的にこの品詞が形容詞と動詞の性質を兼ね備えることを意味するかのような呼び方である。實際，文語文法では形容詞や名詞に動詞の「あり」が付加されていることから問題はないかもしれない。しかし，現代語として見た場合，この品詞の文法機能は名詞の文法機能に酷似しており，動詞とは全く異なる。つまり語義内容的には形容詞，文法機能は名詞という所から，「形容名詞」（adjectival noum；略號AN）と呼ぶことが適當であると考えられる。例えば次の(i)から（vi）の各フレームの中では，形容名詞と名詞のみ起こることが出來るが，動詞は起こり得ない。つまり連語と共起表現の視點から考える時，「形容動詞」はその語幹を名詞として捉えるべきなのである。

例：「靜か」（形容名詞）／「先生」（（一般）名詞）

(i) ──だ。（指定動詞の未然形）

(ii) ──だつた。（指定動詞の已然形）

(iii) ──に ｛ なる ／ なかつた ｝ 。（終點・變化の助詞「に」）

(iv) ──では ｛ ない ／ なつた ｝ 。（指定動詞＋否定形）

(v) ── ｛ なのに ／ ではあるが ／ だけれども ｝ （讓步表現）

(vi) ──なもの（です）か。 （反駁表現）

ただ，異なる點としては，例えば次の(i)のように，名詞を修飾する場合には，その後置成分が異なる，といった點が擧げられる。また，(ii)や(iii)に見られるように，形容名詞は文法機能の上で欠陥のある不完全な名詞であるといえよう。完全に發達した名詞ではないが故に，様様な助詞や決定辭を自由に取ることが出來ないのである。

(i) 名詞を修飾する時，形容名詞は動詞「だ」の連體形「な」を取るのに對し，一般名詞は屬格助詞「の」を取る。

{ 先生の／靜か<u>な</u> } 部屋 （ cf. { 堂堂／泰然／突然 } { たる／の／と } ）

(ii) 動詞の前に現れる場合，形容名詞は動詞「だ」の連用形「に」を取るのに對し，一般名詞は樣樣な格助詞や副助詞を取って動詞の前に現れる。

靜か<u>に</u> { なる／する } 。　先生 { <u>が</u>／<u>を</u>／<u>に</u> } お願いする。

(iii) 決定辭について，形容名詞は決定辭との共起關係を持たないのに對し，一般名詞は共起關係を持つ。

＊その靜か⓮　　その先生

(iv) 程度副詞について，形容名詞は程度副詞を取るが，一般名詞は取らない。

<u>たいへん</u>靜か　　＊<u>たいへん</u>先生⓯

2.2.　動名詞

「動名詞」（ verbal noun ；略號VN ）⓰とは，動詞の意味を持ち，名詞の機能を持つ範疇のことで，傳統文法では「する」を除いた，「〜する」という形をとる「サ行變格活用動

⓮形容名詞から轉化して出來上がった名詞（例えば）「（その） { 靜けさ／にぎやかさ／丁寧さ } 」は決定辭を取り得る。

⓯「たいへん」は副詞であると同時に形容名詞でもあるので，「たいへんな先生」という使い方は許される。

⓰「動名詞」は、「跳躍，步行，擊破，研究，學習，勤務」など動作を表す名詞以外に，「發生，故障，變化，死亡」や「所有，所屬，酷似，存在」など變化や狀態を表す名詞も含む。

詞」の語幹に當たる部分であると考えてよい。形容名詞が日本語形容詞の不足を補うように，漢語及びその他の外來語の動詞（乃至はその名詞形）を動作名詞として取り入れ，日本語の動詞を豐富にしている。一部の和語を含む他は，大部分が漢語や外來語で，元の言語では動作を表す動詞や名詞として使われている場合が多い。この動作名詞は，後ろに目的格の助詞「を」を取り，その後ろに輕動詞「する」を用いて全體で動詞句として使われるが，目的格助詞「を」を省略して「する」と直接結び付いて複合動詞としても使われる。後者の場合，動作名詞は既に複合動詞の中に併合されているので，別の名詞句を目的語として取ることが出來る。

例：「信用」（漢語），「ジョギング」（外來語），「まばたき」（和語）

(i)　VN（を）する

(ii)　「θグリッド／ケース・フレーム」（theta-grid，θ-grid; case frame）は原則として漢語や外來語のもとの言語における意味に左右される場合が多い。

「研究」：誰が，{ 何の<u>研究をする</u>／何を<u>研究する</u> }。

「支持」：誰が，{ 何の<u>支持をする</u>／何を<u>支持する</u> }。

「指示」：誰が，誰に，{ 何の<u>指示を</u>{ 與える／する }／何を<u>指示する</u> }。

(iii) 輕動詞（語義內容の希薄な動詞）「する」

　a.〔 NP 太郎（Ag）の村人（Go）の　狼が來る（Th/Pd）
　　との　警告〕

　b. 太郎（Ag）｛は／が｝　村人（Go）に　〔 NP　狼が來る
　　との警告〕（Th）　を　した。

　b. 太郎（Ag）｛は／が｝　村人（Go）に　〔 NP　狼が來る
　　と〕（Pd）警告（を）した。

　　　（Ag(ent)＝動作主，Go(al)＝著點，Th(eme)＝主題，

　　　　P(roposition) d(eclarative)＝陳述命題）

(iv)分類

　a.單音節漢語動作名詞：この種の動作名詞の後には目的格
　　助詞「を」をとれない。

　　①動作名詞の語幹が撥音か引き音（長音）で終わるも
の：

　　　「｛案／判／信／供／長／生／應／銘｝（ずる／じ
る）」

　　　②その他：

　　　「｛愛／對／際／發｝（する）」

　b.二音節漢語動作名詞：

　　（語例省略）

　c.多音節漢語動作名詞：

　　「｛事｛前／後｝工作／體外受精｝（（を）する）」

　d.外來語：

　　「｛キス／ストライキ／サボタージュ／デモンストレー

ション｝（（を）する）」

　e.和語：

　「｛御馳走／腕時計／よいお父さん｝（（を）する）」

(35)　私が先生に西洋料理を御馳走する。

(36)　私が先生をレストランにお招きして（先生に）西洋料理を御馳走する。

　日本語の輕動詞「する」は，語義内容が希薄で，英語の動詞‘study(ing)’に對する‘do a little studying’の‘do’，動詞‘support’に對する‘give a support’の‘give’や，動詞‘reply’に對する‘make a reply’の‘make’のように動詞自身には具體的な意味がなく，意味内容は殆ど後ろの名詞‘study’，‘support’や‘reply’に依存している點で，これら英語動詞に似通っている。また，「研究」，「支持」，「指示」などは中國語では動詞として使えるが，漢語のままだと日本語の中では動詞として機能しない。そこで，最も意味の希薄な動作動詞「する」を加えて動詞化する譯である。その意味では複合動詞に近いと言えよう。

　動作名詞には，(ii)のケース・フレームでも大雜把に示しているように，「する」の前に「を」を取らない動詞用法（例：「～を研究する」，「～を支持する」）と，「する」の前に「を」を取る名詞用法（例：「～の研究（をする）」，「～｛の／についこ｝支持（をする）」）の兩方を持ってい

60

る。これを詳しく見ると，(iii)の例の「警告」のケース・フレームは動詞用法（ c ）でも，名詞用法（ a, b ）でも，全く同じであることが分かる。

　次に，(iv)の分類について見ていく。

　a. の單音節漢語動作名詞には　①「ずる／じる」の付くものと❶　②「する」の付くものとがあるが，この違いは動作名詞の音聲形態によるもので，語の終わりが撥音（「ん」）または引き音（表記上は「う」または「い」❶の場合は①になり，それ以外は②になる。また，①，②共に完全に「語彙化」（lexicalize）しているので，助詞「を」の挿入は許されず，その意味で和語動詞に近いものとなっている。

　b. の二音節漢語動作名詞はもっとも多數を占める「無標」（ unmarked ）の動作名詞である。

　c. の多音節漢語動作名詞には，「事前工作（（を）する）」，「體外受精（（を）する」のように4音節のものが存在するのが特徴である❶。

---

❶「ずる」は「じる」よりやや文語的である。
❶但し，單音節漢語動作名詞のひらがな表記が「い」となれば常に引き音である譯ではなく，例えば，「銘｛ずる／じる｝」の「銘」（めい）は長音化している（[m ei → m e:]）のに對し，「際する」の「際」（さい）は長音化していない（[s ai]）ことに注意されたい。
❶漢字では4音節だが和音では7モーラないし8モーラにもわたる。これに對して中國語では動詞には3音節のものしかなく，しかも三音節動詞は他の單音節動詞や二音節動詞と異なり，目的語の前に出ることはない。例えば‘ *我來馬殺雞你 ’とは言えず，‘ 我來給你馬殺雞 ’（私があなたにマッサージをしてあげましょう）と言うほかはない。中國語では動詞は目的語の前に位置するので，動詞が長くなると動詞が「重すぎる」ということになり，「輕いものから重いものへ」（ From Light to Heavy ）というリズム原則に違反するので，目的語の前に置けなくなるわけである。一方，日本語では動詞が文の最後に來るので，動詞が重くなっても構わない。

　　d. の外來語動作名詞には「メモ（memo）（（を）する）」，「サボタージュ（sabo-tage）（（を）する）」，「デモンストレーション（demonstration）（（を）する）／デモ（（を）する）」のように元の言語では名詞（句）である場合と「カム・バック（come back）（する）」のように元の言語で「句動詞」（phrasal verb）（ないしは「二語動詞」（two-word verb））である場合の兩方がある。　なお，これらの動作名詞の中には「メモる」，「サボる」，「デモる」のように，動作名詞（例えば「メモ」）や動作名詞の一部（例えば「サボ」，「デモ」）に動詞化したものがある（動作名詞に接辭‘-r’が付いて‘-r’で終わる子音動詞になつたと分析してもよかう）。この特徴は次に見る和語の動作名詞にも共通する性質と言え，俗語的またはやや俗語的に用いられる。

　　e. の和語の動作名詞には，一般の名詞と區別が付きにくいものが多い。「御馳走」などがその例である。　また，「腕時計を{する／つける}」の口語での助詞脱落が慣用化し，語彙化したものと考えられる「腕時計する」，あるいは學生俗語風の言い回し，例えば“よいお父さんのふりをする，よいお父さんになるよう努める”といった意味での「よいお父さんする」や，“デートが目的でいっしょにごはんを食べる”というような特殊な意味合いを（臨時に）持たせた「ゴハンする」というような言い方も，一應，「動作名詞＋する」として扱つてよいと思われる。

3. 文法機能語

3.0.　文法機能語とは

　　ここで取り扱ういわゆる「文法機能語」(function word)とは，各種助詞，接續詞，接辭など樣樣である。ここではそれらについて，範疇の立て方，アスペクトとの共起關係，意味の廣がり，語義レッテルと意味對譯などについて考える。

3.1　文法機能語の範疇

　　文法機能語の内容は樣樣であるが，先ず元來語彙内容を持つ語が形式化して文法機能語となった「形式名詞」，「形式形容名詞」，「形式形容詞」などについて述べることにする。これらは純粋な名詞や純粋な形容詞などに對して，指示對象や具體的語彙意義を持たない「形式的」(formal) な範疇と呼ばれる。

　　3.1.1.「形式名詞」(formal noun；略號FN)

　　實質的あるいは「語彙的意義」(lexical meaning) を欠き，形式的あるいは「文法的意義」(grammatical meaning) が強い名詞[20]。

　　(i) 文 (あるいは節) を前に受けて名詞句 (あるいは名詞節) を作り得る。

　　　〔 NP　S　形式名詞〕　　　(S＝文，NP＝名詞句)

---

[20]「ひと，もの，こと，ところ」など語彙的意義と文法的意義との兩方に跨がる名詞もあるので，これら名詞の場合，一般名詞と形式名詞の區別は連續的なものであり，絶對的なものではないことに注意されたい。

(ii)一般名詞（句）のように指定動詞「だ」，「です」を後ろに取り得る。

〔NP　S　形式名詞〕{だ／だった／だろう／です／でした／でしょう}。

(iii)一般名詞（句）のように係助詞，格助詞，副助詞を後ろに取り得る。

〔NP　S　こと〕{はない／がある／を承知する／になる／にする／で話がついた／もある}。

(iv)一般名詞（句）のように決定辭「この」，「その」，「あの」，「どの」，「こんな」，「そんな」，「あんな」，「どんな」などを取るものが多い。

(v)分類

a.人に關するもの：「人間」の「ひと（人）」と「もの（者）」，「尊敬」の「かた（方）」，「輕視」の「やつ（奴）」

b.物に關するもの：「物品，（客觀）事態，樣態」の「もの（物）」

c.事に關するもの：「（主觀）事態」の「こと（事）（{がある／にする／になる}）」，「間接，婉曲，補文化辭」の「の」

d.事態，樣態に關するもの：「場合」の「ばあい（場合）」，「逆境」の「はあ（破目）」[21]，

---

[21]普通「羽目」と表記されることが多いが，ここでは「困った場合」の意味を持たせて「破目」と書くことにする。

　　　　「樣相」の「ようす（樣子）」，「臆
　　　　測」の「よう（樣）」，「傳聞」の「そ
　　　　う（相）」，「落ち目」の「ざま
　　　　（態）」㉒，「放任」の「まま（儘）」
　e.所に關するもの：「場所」の「ところ（所）」，「空間
　　　　前後」の「まえ（前），うしろ（後
　　　　ろ）」
　f.時に關するもの：「時間」の「とき（時）」，「期間」
　　　　の「あいだ（間）」，「繼續」の「う
　　　　ち（中）」，「時間前後」の「まえ
　　　　（前），あと（後）」，「即刻」の
　　　　「とたん（途端）」
　g.モダリティに關するもの：「蓋然」の「はず（筈）」，
　　　　「意向」の「つもり（積もり）」，「
　　　　當爲」の「べき（可き）」
　h.アスペクトに關するもの：「將現相」と「完了相」の「
　　　　ろころ（所）」（未然形／已然形）
　i.程度を示すもの：「程度」の「ほど（程）」
　j.事由を示すもの：「目的・理由」の「ため（爲）」，「
　　　　事情解釋」の「わけ（釋）」，「所爲
　　　　」の「せい（所爲）㉓，「理由」の「
　　　　よし（由）」

㉒「樣」とも書くが，ここでは「臆測」の「よう（樣）」と區別し，
樣子，ありさまを嘲つて言う意味（「ていたらく」（體たらく，態
たらく）」）を持たせて「態」と書くことにする。
㉓「所爲」（そい）が訛つたものと思われるが，「故」と書かれる場
合もある。

例えば，「もの」には様様な意味と用法があり，純粋な名詞として捉えても差し支えないものから，本來の語彙的意味から完全に離れてモダリティーなどを表す形式化したものまである。

⑶⑺　刺身は日本人のよく食べる<u>もの</u>だ。　（純粋な名詞「物」に近い形式名詞

⑶⑻　海外旅行は樂しい<u>もの</u>だ。　（物事）

⑶⑼　人はいずれ死ぬ<u>もの</u>だ。　（必然）

⑷⑽　子供の時分はよく母と野良で働いた<u>もの</u>だ。　（習慣）

⑷⑴　知つている人に會つたら，挨拶ぐらいする<u>もの</u>だ。　（當然）

⑷⑵　年をとると，氣が弱くなる<u>もの</u>だ。　（傾向）

また，「もの」と「こと」にはモダリティー的意義において次のような違いが見られる。

⑷⑶　先生の言うことはよく聞く<u>もの</u>だ。　（客觀事態）

⑷⑷　先生の言うことはよく聞く<u>こと</u>だ。　（主觀事態）

このような「忠告のモダリティー」を表す用法では，客觀と主觀の違いによって，否定辭の位置も異なり，「もの」の場合は「もの」の後ろに，「こと」の場合は「こと」の前に否定

辭がおかれる。

　⑷　寝ながら本を讀む　<u>ものでは</u>　<u>ない</u>。
　⑹　寝ながら本を讀ま　<u>ない</u>　<u>こと</u>だ。

　次に，形式名詞「の」は間接的で，婉曲な表現を表し，その文法機能は英語の補文化辭'that'に似通ったところがある。

　⑷　私が行きます。
　　　cf.'我要去。'　　　　　'I am going.'
　⑻　私が行く｛の／ん｝です。
　　　cf.'是這樣子的，我要去。''It is the case that I am going.'

　「の」を使い單文を名詞化して補文にすると話し手の存在が裏側に隱れ，そのため自已保留がほのめかされて，間接的で婉曲な表現になり，「の」を用いずに直接ストレートに傳える表現より幾分丁寧である。

3.1.2.「形式形容名詞」(formal adjectival noun；略號FAN)
　實質的あるいは語彙的意義を欠き，形式的あるいは文法的意義が強い形容名詞。傳統文法や國語學にはこの名稱の品詞はないが，次のような統語機能を備えていることにより，一般形

容名詞に對應する「形式形容名詞」という新しい範疇を認める
ことが出來る。

(i) 文（あるいは節）を前に受けて形容名詞句（あるいは形
容名詞節）を作り得る。（但し，樣相の「そう」に限り，
動詞の中止形か形容詞の語幹を受ける。）

〔 ANP　S　形式形容名詞〕

(ii) 一般形容名詞のように指定動詞「だ」，「です」を後ろ
に取り得る。

〔 ANP　S　形式形容名詞〕{だ／だった／です／でし
た}。

(iii)連體形として「な」，連用形として「に」を取る。

(49)　泣き<u>そう</u>{な顔／になる}。

(50)　うれし<u>そう</u>{な顔／にする}。

(iv)名詞ではないので決定辭を取ることが出來ない。

(v)分類

a.「樣相」の「そう（相）」：動詞の中止形か形容詞語幹
と共起する。

(51)　雨{が／の}<u>降りそう</u>な空模樣。（V-(i)そう）

(52)　彼女{*が／の}<u>悲しそう</u>な顔。（Aそう）

b.「可能」の「よう（樣）」：動詞の未然形（V-(r)u）と

共起する。

(53) 雨が降る<u>ような</u>日には…。

(54) 君がいける<u>ように</u>取り計らおう。

3.1.3.「形式形容詞」(formal adjective；略號FA)

　實質的あるいは語彙的意義を欠き，形式的あるいは文法的意義が強い形容詞。これも傳統文法や國語學にはない範疇であるが，次のような一般形容詞に似た文法機能を備えている。

(i)文 (あるいは節) を前に受けて形容詞句 (あるいは形容詞節) を作り得る。

　〔 AP　S　形式形容詞 〕

(ii) 一般形容詞と同じように指定動詞「だ」を後ろに取ることが出來ないが，丁寧形の「です」は後ろに取ることが出來る。

(55) この本は讀み<u>やすい</u>{ です／*だ }。

(iii) 一般形容詞と同じように終止形は‘ -i ’を取り，中止形 (連用形) は‘ -ku ’を取る。

(56) 彼は明日ヨーロッパに行く{ らし<u>い</u>／らし<u>く</u>… }。

(iv) 名詞ではないので決定辭‘｛こ／そ／あ／ど｝の’を取
ることは出來ないが，‘｛こ／そ／あ／ど｝れ’を取る
ことは出來るようである。

⒄　‘｛こ／そ／あ｝｛れ／＊の｝らしい人はいた。

(v)分類

「難易」を表す「（V-(i)-）｛やす（易）い／にく（惡）
い／｛い／よ｝（好）い，づら（辛）い，がた（難）
い｝」，「樣相」の「（V-｛(r)u/Ta｝）らしい」，「願望」
の「（V-(i)-）た（度）い」

「難易」を表す‘（V-(i)-）｛やすい／にくい／｛い／
よ｝い，づらい，がたい｝’のうち，‘やすい，にくい，（つ
→づ）らい，（か→が）たい｝’は單獨で述語になり得る自由
語である上に，意味內容にもさしたる變化がないので「複合形
容詞」（compound adjective）と分析した方がよく，眞に形式
形容詞と呼べるのは動詞の未然形・已然形と共起する「樣相」
の「（V-｛(r)u/Ta｝）らしい」と，動詞の中止形と共起す
る「願望」の「（V-(i)-）たい」の少數に限られるようであ
る。

また，形式形容詞は，上に見るように文や節を前に受けて
形容詞句または形容詞節を作るが，一般には述語として機能
し，連體修飾語として使うと少し坐りが惡いようである。

⑸⑻　花子さんが最近結婚するらしい（です）。

⑸⑼　花子さんが最近結婚するらしいという｛ニュース／
　　　噂｝。

⑹⓪　花子さんが最近結婚するらしい｛?ニュース／(?)
　　　噂｝。

3.1.4.「形式副詞」（formal adverb；略號FAD）

　　實質的あるいは語彙的意義を欠き，形式的あるいは文法的
意義が強い副詞。これも傳統文法や國語學にない新しい範疇で
あるが，次のような一般副詞に似た文法機能を備えている。

(i) 文（あるいは節）を前にうけて副詞句（あるいは副詞
　　節）を作り得る。

〔 ADP　S　形式副名詞〕

(ii) 名詞や形容（名）詞のように述語になれないので指定動
　　詞「だ」，「です」を後ろに取ることが出來ない。

⑹⑴　＊それは｛きのう／家を訪れるたび／心配の余り｝
　　　｛だ／です｝。

(iii) 副詞なので後に助詞を取る必要はなく，唯一取り得る樣
　　相の助詞「に」も省略することが出來る。

⑹⑵　家を訪れるたび（に）手土産を持ってきた。

⑹ 心配の余り（に）泣き出した。

(iv) 名詞でもないのに，次の例のように決定辭，名詞や形容
名詞の修飾を許すことがある。

⑹ そのつど，そのくせ，可能なかぎり，このかぎりでは
ない，心勞のあまり，それゆえ

(v) 但し，「 そのつど 」とは言えても「 ｛こ／あ／ど｝のつ
ど 」とは言わず，「 そのくせ 」とは言えても「 ｛こ／あ
／ど｝のくせ 」とは余り言わないようである。これらの
形式副詞はその意味で名詞的性格よりも副詞的性格の方
が強く，「 そのつど 」，「 そのくせ 」は例外的な熟語的
表現だとも言えよう。

(vi) 分類
「 反發 」の「 くせ（癖） 」，「 毎回 」の「 つど（都
度） 」，「 限度 」の「 かぎ（限）り 」，「 過度 」の「 あ
ま（余）り 」，「 原因 」の「 ゆえ（故） 」

3.2.　文法機能語とアスペクト

3.2.1.　形式名詞，形式形容名詞，形式形容詞，形式名詞な
どの文法機能語とアスペクトの共起關係

形式名詞，形式形容名詞，形式形容詞，形式副名詞，及び

その他の文法機能語と動詞のアスペクトとの間に特定の共起關係が見られる。以下，紙幅の都合上，例文を擧げず，共起關係だけを列擧することにする。

(i)「未然形」と「當爲」の「べき」

(ii)「未然形」と「可能」の「よう」

(iii)「未然形」と「限度」の「かぎり」

(iv)「未然形」と「意向」の「つもり」

(v)「未然形」と「否定推量」の「まい」

(vi)「語幹」と「（口語）否定」の「-(a)ない」や「文語否定」の「-(a)ぬ」

(vii)「中止形」と「樣相」の「そう」

(viii)「中止形」と「願望」の「たい」

(ix)「中止形」と「難易」の「やすい，づらい」など

　　（複合形容詞として分析するもよし）

(x)「未然・已然形」と「放任」の「まま」

(xi)「未然・已然形」と「傳聞」の「そう」

(xii)「未然・已然形」と「樣相」の「らしい」

(xiii)「未然形」と「時間前後」の「まえ」，「已然形」と「時間前後」の「あと」

(xiv)「未然形」と「目的」の「ため」，「已然形」と「理由」の「ため」

(xv)「未然形」と「將現相」の「ところ」，「已然形」と「（現在）完了相」の「ところ」

(ⅹⅵ)「未然形」と「僅有」の「ばかり」，「已然形」と「
（現在）完了相」の「ばかり」

(ⅹⅶ)「進行（・繼續）相」と「期間」の「あいだ」

(ⅹⅷ)「進行（・繼續）相」と「繼續」の「うち」

(ⅹⅸ)「進行相」と「空間前後」の「まえ，うしろ」

3.2.2. 接續表現とアスペクトの共起關係

接續表現と動詞のアスペクトの間にも同様な關係が見られる。

(i)「未然形」と「一般條件」の「と」

(ii)「已然形」と「假定條件」の「ら」

(iii)「擬似命令形」と「充足條件」の「ば」

(iv)「未然・已然形」と「讓步條件」の「なら」

(v)「中止形」と「並行・並立」の「ながら／つつ」

(vi)「中止形」と「著點・目的」の「に」

(vii)「連用形」と「起點」の「から」

3.2.3. アスペクトと時間の意味關係

日本語動詞の未然形と已然形の相違を單なる「時制」（tense）に關する現在形と過去形の區別として捉える人が多いが，いわゆる「過去・現在・未來・一切時」などの時間概念を日本語では文法的にどう捉えて表現するかという問題について少し觸れることにする。例えば，今井（1983:74）に現れた次

のような例文の動詞のアスペクトの違いについて考えてみよう。

⑹　高雄に｛行く／行つた｝とき，先生にお會いしました。

「行く，來る，歸る，入る，出る」などの移動を表す動詞はその行爲がまだ起こつていないか續いている間は未然形，その行爲が終わって初めて已然形になる。「行く」は高雄に行き著く前に（つまり，台北から出發した人の話なら，先生のお宅でとか台北驛とか列車に乗り込む前に，もしくは台北から高雄までの列車の中で）先生にお會いしたのであり，「行つた」は高雄に著いてから高雄で（あるいは歸りの列車の中で）先生にお會いしたのである。

⑹　毎度ありがとうござい｛ます／ました｝。

「ます」は話し手が觀念的に時間の流れの中に自分を現在の時點に置き，感謝の氣持ちが現在まで續いていると捉えた表現である。「ました」は現在の時點から，既に起こつた事態に感謝を表した表現。

⑹　まだ３月なのに，海で泳いで｛いる／いた｝人がいた。

「いる」は話し手が先ず観念的に海で（泳いでいる人を）目撃した時點に戻り，「泳いでいる」という未然の形で捉え，次に今話している時點に戻って「人がいた」という已然の形で表現している。一方，「泳いでいた人がいた」の２つの「いた」は共に既に過去に起こつた事態として捉え，已然形で表現している。

⑹⑻　私が寝て{いる／いた}とき，電話があつた。

例文の(68)の未然「いる」と已然「いた」の違いは(67)の場合と同様である。

⑹⑼　萬が一病氣に{??なる／なつた}とき，どうしますか。

「（病氣に）なる，忘れる，なくす，酔う，困る」などの變化を表す動詞は，未然形を使うとまだその變化が起こつていないことを示し，已然形になつて初めて具體的に變化が起きたことを示す。

⑺⑩　本を{讀んだら／*讀むと}早く返事してください。

已然形は必ずしも「過去時間」を表すとは限らない。(70)の例文のように已然形「讀んだ」は「未來時間」としても使わ

れ，「（未來）完了」を意味することが出來る。

3.3. 文法機能語の意味と使い方：「中核的意味」から「周邊的意味」へ

3.3.1. 動詞「連用形」の意味と使い方

今井（1983:66-67）の例文と說明を參考にして，日本語動詞「連用形」の意味と使い方を一般化して處理してみよう。

(i)（時間の）「前後關係」（temporal sequence）

(71) 私は朝<u>起きて</u>（｛そして／それから／そのあとで｝）顔を洗つた。

(ii)（時間の）「同時間係」（simultaniety）

(72) 本を<u>見て</u>（＝｛見ながら／見つつ｝）書いている。

前項動詞は動作の繼續を許す「繼續動詞」（durativel verb）（例えば(72)の「見て」）が連用形を取り，後項動詞は同じく繼續動詞が「進行相」（例えば(72)の「書いている」）を取る。動詞が繼續を許さない「瞬間動詞」（momentary verb）や「變化動詞」（achievement verb, process verb）の場合には，同時關係の解釋は成立しない。

⒃　台北に｛ついて／＊つきながら／＊つきつつ｝食事をする。

⒄　病氣に｛なって／＊なりながら／＊なりつつ｝困ってしまう。

(iii)（事態の）「對照關係」（contrast）

⒂　おじいさんは山に行って（｛けれども／一方｝）おばあさんは川に洗濯に行く。

　文は「平行構造」（parallel structure；即ち「おじいさんは山に行く」と「おばあさんは川に洗濯に行く」）の形をとり，「おじいさん」と「おばあさん」，「山に」と「川に」の間に各各對照が見られ，述語としても同じ動詞「行く」が使われている。

(iv)「原理・理由」（cause and reason）

⒃　雪が降って（＝｛降ったので／降ったから｝）寒い。

⒄　部屋が暗くて（＝｛暗いので／暗いから｝）何も見えない。

(v)「は」をともなっての「主題化／否定の焦點化」

⑺ ここに車を<u>とめて</u>はいけません。

(vi)「アスペクト」・「ダイクシス」表現などの仲介

⑺ 藥を<u>飲んで</u>おく。（處置相）

⑻ そのレコードを<u>聽いて</u>みる。（試行相）

⑻ 窓を<u>開けて</u>ください。（依賴表現）

(vii)「も」と共起して「讓步表現」（數量表現を伴うことが多い）

⑻ いくら<u>電話して</u>もいない。

⑻ ビールを１ダース<u>飲んで</u>も醉わない。

　以上の例から，連用形「て形」の基本的な文法機能は，ある２つの用言（動詞，形容詞，形容名詞などを含む）を文法的に結ぶところにあり，２つの用言間の意味解釋は，前項・後項２動詞の「前後關係」（context）でいろいろ解釋出來ることが分かる。また，連用形の意味解釋上の多義性により文に曖昧さが生じることがある。例えば下の例文(84)の「貸して下さい」の「下さい」は上述「依賴表現」の「下さい」とも解釋出來る（この時イントネーションのプロミネンスは「貸して」にかかる）が，上述「前後關係」に基づく物品要求の「下さい」とも解釋出來る（この時プロミネンスは「下さい」にかかる。

(84) そのペンを貸して下さい。

同じように，例文(85)の「讀んでしまった」の「しまった」は「完了アスペクト」（「成し終える」）の「しま（了）う」とも解釋出來る（この時プロミネンスは「讀んで」にかかる）し，「前後關係」の後項動作（「元の所にしまう」）の「しま（仕舞）う」とも解釋出來る（この時プロミネンスは「しまう」にかかる）。

(85) あの本は讀んでしまった。

3.3.2. 副助詞「も」の意味と使い方

更に，今井（1983:63）所揭の例文と説明を參考にして，副助詞「も」の意味と使い方について考える。副助詞「も」の意味と使い方は，下のように整め上げることが出來る。

(86) (i)包括 →(ii)完全（否定）→(iii)讓步→ (iv)同類→
(v)強調 →(vi) 極限

これら6つの意味と使い方は互いに孤立したものではなく，「中核的な意味」（core meaning）から「周邊的な意味」（peripheral meaning）へ漸次移行していく「連續的なもの」（continuum）である。副助詞の「も」の中核的な意味か

ら周邊的な意味への移行を例文を引き，中國語と英語の譯語を
添えながら説明してみる。

(i)「包括」の「も」；‘也；too, also’

⑻ これは本です。これも本です。

(ii)「完全否定」の「も」；疑問詞「誰，何，どこ」などを
ふくむ否定文；‘｛也／卻｝不；no-｛body/thing/
where｝’

⑻ この部屋には誰もいません。

(iii)「（許可）讓步」の「も」；動詞（V-Te），形容詞（A-
ku-te），形容名詞（AN-de）を受ける。「いい」，「よ
ろしい」，「かまわない」などの許可表現が後に續くこ
とが多い。

⑻ もう歸ってもいいですか。

(iv)「同類」の「も」；‘也 … 也 …；(n)either …(n)or
…’

⑼ 彼女はフランス語も中國語も話せる。

(v)「（數量）強調」の「も」；數量表現を前に受ける；
'… 之多；as { many/much } as …'

(91) きのうビールを4本も（＝as many as 4 bottles）飲んだ。

(vi)「極限」の「も」；'連 …{ 也／都 } …；even … '

(92) 先生（さえ）もこの單語の意味を知らなかった。

3.3.3. 副助詞「で」の意味と使い方

次に，茅野・秋元（1986:5）所揭の例文に基づいて，副助詞「で」の語義內容を下のように整め上げ，例文(94)から(107)によって，副助詞「で」の中核的意味から周邊的意味への移行を簡單に說明する。

(93) 場所 → 道具・手段・基準・材料 → 原因・理由
→ 總括；數量表現 └→様態

(94) 大學で經濟學を勉強する。（（具體的な）場所；地點）

(95) 會議で意見を述べる。（（抽象的な）場所）

(96) タクシーで行きましょうか。┐（道具，手段）
(97) はしで食べられますか。　　┘

(98) 著ている物や外見で人を判斷するものではない。（基準）

(99)　この机は<u>木で</u>できている。（材料）

(100)　<u>事故で</u>會社に遅れた。（原因）

(101)　<u>この子はまだ子ども（なの）で</u>，そんな難しいことは
　　　できない。（理由）

(102)　そんな<u>こわい目で</u>見ないでください。（手段）

(103)　車は<u>すごいスビードで</u>走り去つた。（様態）

(104)　<u>十万圓で</u>買えるテレビ

(105)　この仕事は<u>2時間で</u>できる。　　（總括；數量表現）

(106)　<u>一人で</u>フランス語を學んだ。

(107)　<u>自分（一人）で</u>料理を作る。

　　　また，副助詞「で」の意味解釋上の多義性から必然的に文
の曖昧性が生ずることは，例文(108)の「勤め先」が「場
所」（即ち「同じ職場の男性とは結婚しない」の意）と「基
準」（即ち「男生の職業や職務で結婚相手を選ばない」の意）
の二様の意味に取られることから分かる。

(108)　私，<u>勤め先で</u>結婚相手，選ばなくつてよ。

3.3.3.　副助詞「に」の意味と使い方

　　最後に茅野・秋元（1986:5-6）の例文を引きながら，副助
詞「に」の中核的意味から周邊的意味への移行を順を追つて簡
單に説明する。

(109)

$$
\text{地點} \rightarrow \text{時點} \rightarrow \text{著點} \rightarrow \begin{array}{l} \text{動作主} \\ \text{結果} \end{array}
$$

```
地點  →  時點  →  著點  →  ┌→ 動作主
 │        └→ 起點              結果
 └→ 根據                    └→ 目的
```

(110) 田中社長は午前中は<u>會社</u>にいる。((具體的，空間的な)場所)

(111) 先日，松本氏は<u>社長の地位</u>についた。((抽象的，非空間的な)場所)

(112) 飛行機は<u>10時</u>につく。(時點)

(113) <u>1日</u>に3回この藥を飲む。(期間)

(114) <u>ルーブル美術館</u>に行く。((具體的，空間的な)著點)

(115) <u>体力の限界</u>に達した。((抽象的，非空間的な)著點)

(116) <u>鄰の人</u>に足を踏まれた。((受身文における)動作主)

(117) <u>弟</u>に車を洗わせた。((使役文における)動作主)

(118) 信號が<u>赤</u>に變わる。   (變化の結果)

(119) 將來，<u>醫者</u>になるつもりだ。

(120) 右側は<u>外科の病棟</u>になつている。(結果)

(121) 映畫を<u>見</u>に新宿く行つた。(目的； V-(i)に)

(122) <u>協定</u>に{よつて／もとづいて}決められた。(根據／基準)

(123) <u>太郎</u>に(＝から)金を{借りた／もらつた}。(起點)

　序でながら，茅野・秋元（1986）は副助詞「に」と接續詞「に」，それに加えて終助詞の「に」までも混同して同じ演習の中で取り扱っているが，例文(124)〜(126)に現れてくる接續詞と終助詞の「に」は副助詞の「に」と區別して教えるべきであろう。

(124)　梅にうぐいす（接續詞；　並列）

(125)　料理は　すしに　てんぷらに　うなぎだった。（接續詞；　列舉）

(126)　あんな男だとわかっていたら，結婚しなかっただろうに。（遺憾や後悔の念を表す終助詞）

3.3.4.　助詞について

　副助詞について觸れたついでに，助詞のハイアラーキー（階層性）について述べてみたい。日本語の助詞はその意味內容と文法機能によって次の5階層に分けることが出來る。

(127)　(i)係助詞：「は」

　　　(ii)格助詞：「主格（／對象格）」助詞「が」，「目的格」助詞「を」

　　　(iii)副助詞：「著點」助詞「へ」，「著點／場所」助詞「に」，「起點」助詞「から」，「場所／道具」助詞「で」，…

　　　(iv)屬格助詞：「の」

(v)終助詞：「ね」「よ」「か」…

次に各階層に屬する助詞の特徵（共起關係，省略必要性と可能性，昇格と降格など）について要點を舉げる。

(i)係助詞「は」は單文の中で複數共起することができる。

(128)　日本は男性は平均壽命は女性（のそれ）よりも短い。

(ii)格助詞「が」と「を」は單文の中で複數共起することができない。

(iii)同じ副助詞を單文の中で複數共起させることはなるべく避ける傾向があるが，異なる副助詞の共起は許される。

(129)　太郎｛を／(?)に｝公園に行かせる。

(130)　教室の中でバットで次郎をなぐつた。

(131)　太郎に黑板｛＊を／に｝落書きをされた。

(iv)同一名詞句に對して係助詞と格助詞の共起は許されない。

(132)太郎｛は／が／＊がは｝行かない。

(133)　花子は英語｛を／が／は／＊をは／＊がは｝話せる。

(v) 係助詞と副助詞の共起は許される。

　(134)　私は｛次郎<u>とは</u>／電話<u>では</u>／學校<u>には</u>｝行かない。

(vi) 係助詞（と格助詞）の省略は許されるが，副助詞は著
　　 點「へ」以外の省略は許されない。

　(135)　私（<u>は</u>），貴方（<u>が</u>）大嫌い！
　(136)　僕（<u>は</u>），君（<u>を</u>）信じてもいいの。
　(137)　日本（<u>へ</u>）は　行つたことがある。
　(138)　日本？（<u>に</u>）は　住んだことがある。❷❹
　(139)　電車＊（<u>で</u>）は　日本に行けない。❷❺

(vii) 名詞句における「『が／の』交替」：　「關係節」（あ
　　　 るいは「名詞修飾節」）に出てくる主格の「が」は屬格
　　　 の「の」に「降格」（demote）することにより，一層
　　　 名詞句に近い構造になる。

　(140)　私が本を書いた。　→　私｛<u>が</u>／<u>の</u>｝書いた本。

(viii) 動詞の可能形と共起する「『を／が』交替」：　動詞

---

❷❹「？（に）」の疑問符は「に」の省略が「へ」の省略に比べ，文と
してやや坐りが悪いことを示す。
❷❺「＊（で）」の星印は助詞「で」が省かれると非文になることを示
す。

の可能形（ V-(rar)e- ）は元來　動詞の目的語であった名詞句を「 を 」の目的格から主格の「 が 」に「 昇格 」（ promote ）することにより，その名詞句の主體性を一層強調することが出來る。

(141)　（私は）英語を話す。　→　（私は）英語{ を／が }話せる。

(ix) 願望形容詞と共起する「『 を／が 』交替」：　‘ V-(i)たい ’から成り立つ願望形容詞は元來動詞の目的語であった名詞句を「 を 」の目的格から主格の「 が 」に昇格することにより，その名詞句の主體性を更に強調する。

(142)　（私は）水を飲む。　→　（私は）水{ を／が }飲みたい。

(x) 動詞の渴仰形（ V-(i)tagar- ）は「 を 」とのみ共起する。

(143)　（馬は）水を飲む。　→　（馬は）水{ を／*が }飲みたがる。

(xi) 係助詞，格助詞，副助詞，屬格助詞は皆名詞句の後に現れるが，終助詞は名詞句の後には現れず，文末あるいは動詞の連用形の後などに現れる。

(144)　私は先に｛行く／行きます／行って｝よ。

(xii) 係助詞と格助詞が屬格助詞の前に現れることはないが，
　　　副助詞は屬格助詞の前に現れ得る。

(145)　君｛＊は／＊が／＊を／から／へ｝の手紙の中にこうい
　　　うことが書いてあつた。

3.4.　文法機能語と語義レッテルおよび意味對譯の問題

　文法機能語は「機能範疇」（functional category）に屬
し，「語彙範疇」（lexical category）に屬さないのでその意味
內容が摑みにくい。その爲，これらの文法機能語に適切な「語
義レッテル」（semantic label）を付けて學習者の理解を助ける
ようにすることが望ましい。佐治（1991:20-21）を參照しなが
ら日本語の主な終助詞に語義レッテルを付けてみよう。

3.4.1.　終助詞

(i)「聞き手本位」の「ね」／「問い掛け」の「ね」：
　　(a)相手に念をおす。　　(b)相槌を打つ。

㉖佐治（1991：20）ではこれを「呼び掛け助辭」と名付けている。ま
た，終助詞「ね，よ」に關する最新の分析については，金水（1993
）を參照されたい。

㉗その他「眞っ黑｛い／な｝，眞っ赤｛＊い／な｝，おおらかな，う
ららかな」などにも接辭「な」が付く。

(146)(a)今日は天氣がいいですわ。

(b) そうですね。暑くなってきましたね。

(ii)「自己主張」の「よ」／「押し付け」の「よ」：文（用言）と体言に付く。

(147) このクッキー，なかなかおいしいですよ。

(iii)「自己斷定」の「さ」／「突き放し」の「さ」：文（用言）と体言に付く。

(148)(a)あいつがやつたに決まってるさ。

(b) 刺身なら，マグロよりガジキさ。

(iv)「尋ね掛け」の「な」： 文（用言）のみに付く。

(149)(a) じゃ，必ず行くな。

(b) 將來後悔するようなことはなかろうな。

(v)「自己主張（女性語）」の「わ」： 文（用言）のみに付く。

(150) このクッキー，なかなかおいしいわ｛ね／よ｝。

(vi)「不確定」の「か」（cf.「かしら（ん）」）：　文（用言）と体言に付く。

⒂(a)　明日行かれます<u>か</u>。

　(b)　行く<u>か</u>行くまいかまだ迷っています。

　(c)　行く<u>か</u>どうかまだ分からない。

　(d)　ホテルなら赤坂プリン<u>スか</u>ニューオータニ（<u>か</u>）にするとよい。

(vii)「回想」の「つけ」：　文（用言）の已然形に付く。

⒂　昔はよくいっしょにお祭り觀に行ったつけ。

3.4.2.　數量表現＋副名詞：「だけ」，「しか」，「ばかり」，「ぐらい」，「ほど」

　鈴木（1991:6）は「だけ」，「しか」，「ばかり」，「ぐらい」，「ほど」の５つの文法機能語を同じ演習の中で取り扱っているが，これらの文法機能語の意味と使い方については全然說明されていない。先ず，これらの表現は（153)のような文法機能を持つことから副詞的機能を持つ名詞，即ち副名詞と見ることが出來よう。

(153)

    (i)   { N/ A-i/ ANな/ V-{ (r)u/ Ta } /Qu } ＿＿

        (Qu(antity＝數量表現)

    (ii) 後ろに助詞が付かない。付く場合にも省略が出來
        る。

次に(i)～(v)の語義レッテルでこれら形式副名詞の意味内容を區別する。

    (i) 「僅有」の「だけ」：

(154) 10人だけ{來た／來なかつた}。

    (ii) 「否定僅有」の「しか」：

(155) 10人しか來なかつた。

    (iii) 「概數僅有」の「ばかり」：

(155) 10人ばかり來た。

    (iv) 「概數・程度（下限）」の「ぐらい／くらい」：

(156) 10人ぐらい來た。

(v) 「概數・程度（上限）」の「ほど」：

(158) 10人ほど來た。

また，例文(154)～(158)のように中核的意味を表す用法に加えて次のような周邊的意味を表す例文も考慮してみよう。

(159) 誰にも言わないでくださいね。ここだけの話です。

(160) 食べ放題は，決まつた料金で好きなだけ（cf.ほど）食べられます。

(161) 私はＣさんだけにしか話していませんよ。

(162) 人に聞いてばかりいないで，たまには自分で考えてみたらどうですか。

(163) 今まで親に苦勞ばかりかけてきたから，これからは親孝行しようと思います。

(164) うちの子はきのう買つてやつたばかりのおもちゃをもう壊してしまいました。

(165) 出かけるばかりのところに急用ができた。

(166) 料理はあまり得意じゃありませんが，目玉燒きぐらいなら作れます。

(167) そのくらいできれば安心だ。

(168) 私にくらい言えばいいのに。

(169) 親にとって子供が健康に育ってくれることほどうれしいことはありません。

⑰　彼女は近頃，驚くほどきれいになりましたね。

⑰　考えれば考えるほど，頭が混亂してわからなくなって
　　きました。

⑰　おもしろいほどよく賣れる。

　上の例文に使われた「だけ」，「しか」，「ばかり」，「
ぐらい」，「ほど」の意味内容を吟味してみると，一應上に掲
げた語義レッテルの中に包括されていることが分かる。更に次
の例文はこれらの語義レッテルが適切なものであるかの檢證に
役立つであろう。

⑰　それ{だけ／ばかり／??ぐらい}は許してくれ。

⑭　それ{だけ／*ばかり／(?)ぐらい}は許してよい。

⑯　それ{だけ／*ばかり／*ぐらい}は許せない。

⑯　それ{だけ／*ばかり／ぐらい}（は）許してもよか
　　ろう。

⑰　それ{?だけ／ぐらい／*ほど}のことでへこたれて
　　はならない。

⑱　そのニュースを聞いて私達は飛び上がって喜んだ{ぐ
　　らい／ほど}だ。

3.4.3.　文法機能語と意味對譯の問題

　文法機能語の學習にあたり，學習者の母國語を利用して說
明すると學習の效果を上げることが出來る場合がある。鈴木

（1991:7）所揭の「として」，「について」，「にたいして」，「にとって」，「によって」の例文を參照しながら，これら「助詞＋V-Te」の形式をとる文法機能語の日本語と中國語，英語間の意味對譯を考えてみる。

(i)「〜と　し（爲）て」：'做爲〜；as (a)〜　'

⑽ 京都は日本の傳統文化が殘っている町として有名です。

⑽ 父の代理として結婚式に出席しました。

(ii)「〜に　つ（就）いて」：'就〜，關於〜；{ about/as regards }〜'

⑽ クリスマスパーティーについてクラスのみんなで相談しました。

⑽ 戰爭について何も知らない子どもたちが增えています。

(iii)「〜に對して」：'{針對〜／相對〜而言}；{ to/as opposed to }〜'

⑽ 會社に對して賃金の値上げを要求しています。

⑽ 漢字が音と意味を表すのに對して，ひらがなとカタカ

ナは音しか表さない。

(iv)「～にとって」:'對～而言；with { respect ∕ regard }
to～'

⒂　我我の生活にとって石油はなくてはならないもので
す。

⒃　日本に來た留學生にとって一番困るのは病氣になるこ
とです。

(v.)「～によ（依，由）って」:'{依∕以∕因∕由於}～；
{ owing to/because of } ～'

⒄　地震によって多くの人夕の命が失われました。

⒅　國によって習慣も考え方も違います。

3.5.　文法機能語としての接辭

　　文法機能語の中で助詞や接續詞に並んで學習上の問題にな
るのは「接辭」である。「未然形」の'-(r)u'と「已然形」
の'-Ta'の意味內容については既に述べた。　ここでは形容
詞語幹に付く名詞接辭「－み」と「－さ」，　形容詞語幹に付
く形容詞接辭「－い」と「－な」について考えてみよう。

3.5.1. 「重さ」と「重み」

「－さ」は具體的な數量で測定出來る屬性を示す「無標」の形容詞の語幹に付き，客觀的・具體的な屬性を表す名詞になる。數量表現を伴うことが出來る。

⒙⒚ （10キロの）重さ，（2メートルの）高さ，（1フィートの）深さ，（3ヤードの）長さ，（6疊敷きの）廣さ

「－み」は具體的な數量で測定出來る屬性を示す「無標」の形容詞の語幹に付き，主觀的・抽象的な屬性を表す名詞になる。數量表現を伴うことは出來ない。

⒚⒪ （*10キロの）重み，（*2メートルの）高み，（*1フィートの）深み，

また，「－さ」は形容詞語幹に付いて具體名詞を作り易く，「－み」は形容詞語幹に付いて抽象名詞を作る傾向がある。

⒚⒈ 荷物の{重さ／(?)重み}に耐えかねて馬は足を折ってしまった。

⒚⒉ A君は年が若いが，既に人間的な{*重さ／重み}を備えている。

　　序でながら，感情や心理變化を表す動詞の語幹に名詞化の接辭‘-(i)’が付き，‘V-(i)’の形で抽象名詞になるものがある。この場合にも語尾が「～み」や「～び」などになる場合があるが，上記の名詞接辭「－み」とは異なることに注意されたい。

　　⒀　樂しむ→樂し<u>み</u>；悲しい→悲し<u>み</u>；喜ぶ→喜<u>び</u>；忍ぶ→忍<u>び</u>

3.5.2. 「小さい」と「小さな」

　　「－い」は形容詞の語幹に付いて客觀描寫を表す形容詞の未然形（及び連體形）になる。

　　⒁　小さ<u>い</u>，大き<u>い</u>，暖か<u>い</u>，柔らか<u>い</u>

　　「－な」は形容詞の語幹に付いて話し手の主体的な感情が含まれた描寫力の強い形容名詞になる（しかし，連用形は常に「－に」を取り，「－なに」を取ることが出來ない）。

　　⒂　小さ<u>な</u>，大き<u>な</u>，暖か<u>な</u>，柔らか<u>な</u>

　　‘小さな’と‘大きな’は英語の‘small’と‘little’や中國語の‘小（的）’と‘小小的’の區別に近く，また，‘大きい’と‘大きな’は英語の‘large’と‘big’や，中國語の

‘大（的）’と‘大大的’の區別に似通っている。

　最後に，抽象名詞の前には‘小さい’と‘大きい’よりも，‘小さな’と‘大きな’の方が，現れ易いようである。

(196)　小さな話，小さな親切，大きなほら，大きなおせつかい

4.　ダイクシス表現

4.1.　ダイクシス表現としての授受動詞

　話し手と聞き手に關する言語表現を一括して「ダイクシス」(deixis) と呼ぶ。「こ，そ，あ，ど」表現，「行く，來る」などの動詞もダイクシス表現の中に入るが，ここではいわゆる「授受動詞」と「敬語表現」の一部だけを取り上げることにする。

4.1.1.　授受動詞：「やる」，「あげる」，「くれる」，「もらう」，「さしあげる」，「くださる」，「いただく」，「くれてやる」

　授受動詞は皆「起點」(source)，「主題」(theme)，「著點」(goal)を含む「三項述語」(three-place predicate)の「他動詞」(vt.)に屬し，異なるのはただ起點名詞句が主語になるか，著點名詞句が主語になるか、そして起點名詞句と著點名詞句の「人稱」(person)は何であるか，起點名詞句と著

99

點名詞句の「尊屬關係」はどうであるか（即ち「目上か，目下か，それとも同輩か」）だけである。これらの文法關係を「θ（セータ）グリッド」（theta-grid；θ-grid）'〈Xx, Xy, Zz〉'で表し，グリッド中左端の'Xx'が主格「が」を取って主語になり，二番目の'Yy'が目的格を取って目的語になり，三番目の'Zz'は本來の意味格の內容に從って起點は「に，から」を，著點は「に」を取るものとする。また，θグリッドの中に使われている記號內容はそれぞれ次のようになっている。

So(urce)＝「起點」，th(eme)＝「主題」，Go(al)＝「著點」，

<-I>＝「非１人稱」（即ち「２人稱か３人稱」），

<-H>＝「非尊稱」（即ち「同輩か目下」）

   (i)「やる」：   vt., <So, Th, Go>

                                                     <-I>

                                                     <-H>

(197)　誰(So)が　何(Th)を　誰(Go)に　やる。

   (ii)「あげる」：   vt., <So, Th, Go>

                                                     <-I>

(198)　誰(So)が　何(Th)を　誰(Go)に　あげる。

　(iii)「さしあげる」：　　vt.,　<So, Th, Go>

　　　　　　　　　　　　　　　　<-I>

　　　　　　　　　　　　　　　　<+H>

(199)　誰(So)が　何(Th)を　誰(Go)に　さしあげる。

　(iv)「くれる」：　　vt.,　<So, Th, Go>

　　　　　　　　　　　　　　<-H>　　<+I>

(200)　誰(So)が　何(Th)を　誰(Go)に　くれる。

　(v)「くださる」：　　vt.,　<So, Th, Go>

　　　　　　　　　　　　　　<+H>　　<-I>

(201)　誰(So)が　何(Th)を　誰(Go)に　くださる。

　(vi)「もらう」：　　vt.,　<Go, Th, So>

　　　　　　　　　　　　　　　　<-I>

　　　　　　　　　　　　　　　　<-H>

(202)　誰(Go)が　何(Th)を　誰(So){に／から}　もらう。

(vii)「いただく」：　　　vt.,　<Go, Th, So>

　　　　　　　　　　　　　　　　<-I>

　　　　　　　　　　　　　　　　<+H>

(203)　誰(Go)が　　何(Th)を　　誰(So)｛に／から｝　　いただく。

(viii)「くれてやる」：　　vt.,　<So, Th, Go>

　　　　　　　　　　　　　　　　<-I>

　　　　　　　　　　　　　　　　<-H>

(204)　誰(Go)が　　何(Th)を　　誰(So)に　　くれてやる。㉘

4.1.2.　動詞の連用形に付いてダイクシスを表す授受動詞

　授受動詞「あげる」，「くれる」，「もらう」などは，(205)に示すように，殆ど全ての動作動詞の連用形の後に付いてダイクシスを表す。

(205) V-Te｛やる／あげる／さしあげる／くれる／くださる｝

　動詞連用形に授受動詞「やる，あげる」が付く場合，前項動詞の元來の θ グリッドの「動作主」(Ag(ent)) を‘Ag/

㉘例えば「俺があいつにひとつ拳骨をくれてやる」というように幾分俗語的な表現として使われる。

So'（即ち動作主かつ起點）と書き換え，'Go'（著點）を最後の項に書き加えればよい。また，授受動詞のθグリッドに基づいて'So'と'Go'の下の〈±I〉（「1人稱」かそれとも「非1人稱」か）と〈±H〉（「尊稱」かそれとも「非尊稱」か）も同時に書き加える。

(i) V-Te { やる／あげる }

「書く」(vt., <Ag, Th>) + 「やる／あげる」(vt., <So,
Th, Go>)
<-I>
<-H>

→「書いて { やる／あげる } 」(vt., <Ag/So, Th, Go>)
<-I>
<-H>

(206) 私が字を次郎に書いて { やる／あげる } 。

また，動詞連用形に授受動詞「もらう，いただく」が付く場合は，前項動詞のθグリッドの'Ag'を'Ag/Go'（即ち「動作主」かつ「著點」）と書き換え，'So'「起點」を最後の項に書き加える。'So'と'Go'の下の〈±I〉と〈±H〉も書き加える。

(ii)　V-Te｛もらう／いただく｝

「書く」(vt., <Ag, Th>) +「もらう」(vt., <Go, Th, So>)

<-I>

<-H>

→「書いてもらう」」(vt., <Ag/Go, Th, So>)

<-I>

<-H>

(207) 私が字を次郎に書いて<u>もらう</u>。

「書く」(vt., <Ag, Th>) +「いただく」(vt., <Go, Th, So>)

<-I>

<-H>

→「書いていただく」」(vt., <Ag/Go, Th, So>)

<-I>

<-H>

(208) 私が字を先生に書いて<u>いただく</u>。

4.2.　ダイクシス表現としての敬語表現

　敬語表現も話し手と聞き手の身分關係に關わるので一種の

ダイクシス表現と言える。ここでは，黄（1991:118）の結論に
手を加えながら，もっと一般化した文型として紹介する。

(i) ｛ご／お｝（VN/V-(i)）｛だ／です／になる／になります／?になられる｝❷❾。

　(209) ご覧になりますか。

　(210) ご存じですか❸⓿ps10。

　(211)　もうご出勤｛です／になります｝か。

(ii) ｛ご／お｝（VN/V-(i)）な｛の／ん｝｛だ／です｝ね。

　(212) 相變わらず著物がよくお似合いな｛の／ん｝だね。

　(213) 先生もそうお考えな｛の／ん｝ですね。

(iii)　おA-i（です）。

　(214) いえ，まだまだお若い。

(iv) ｛ご／お｝（(A)N/V-(i)）｛だ／です｝。

❷❾敬語として，「おいでになる」を更に「おいでになられる」という
形にした言い方があるが，正しい用法とは見なされていないようで
ある。

❸⓿「存じる」，「信じる」，「案じる」など漢語に由來した動詞も‘
-i(-)’で終わる母音動詞の中に屬する。

(215) それは<u>ご自由</u>です。

(216) <u>おきれい</u>ですこと。

(217) 先生もとつくに<u>御存じ</u>な｛の／ん｝だ。

(218) どうか<u>お靜か</u>にお願い致します。

(219) 急の<u>御用</u>ですか。

(220) 折角の<u>お志</u>ですから。

(221) <u>お客</u>ですよ。

(222) <u>お留守</u>でございますか。

(223) <u>お願い</u>があります。

　　また，次のような敬語の中にアスペクトやヴォイスなどを取り入れた場合の許容性についても注意されたい。

(224) <u>ご承知</u>｛です／?<u>になっています</u>／<u>になりました</u>｝か。

(225) <u>お留守</u>｛です／*<u>になります</u>／<u>になさいます</u>｝か。

5.　スタイルにのいて

　　最後に，日本語のスタイルについて簡單ながら述べてみたい。日本語は中國語や英語に比べると，スタイルの上で遙かに豐富多彩であると言える。尊敬語，謙讓語，美化語を含む敬語表現は日本語固有のスタイルであり，男性語と女性語の區別も日本語を特徵付けるスタイルの１つである。その他，「非公式

」（ informal ）な「口語」（ colloquial ）における‘ の { だ ／ です } ’，‘ では ’，‘ のでは ’，‘ -Te-いる ’，‘ -Te-いた ’，‘ -Te-しまう ’，‘ -Te-しまつた ’，‘ -(a)ない ’，‘ -(r)eば ’などが，それぞれ音聲的に‘ ん { だ ／ です } ’，‘ じや ’，‘ んじや ’，‘ ーてる ’，‘ ーてた ’，‘ ーちやう ’，‘ ーちやった ’，‘ ーん ’，‘ -(r)ya ’に變化するのも 1 つのスタイルと言えよう。また，文語に出てくる動詞の「未然形」（ 例えば，「信ず」），「已然形」（ 例えば，「夏は來（ き ）ぬ」），「否定形」（ 例えば，「（ 待てど暮らせど ）來（ こ ）ぬ（ 人を ）」，「知らざる（ を ）知らず（ とし，… ）」），「意量形」（ 例えば，「（ いざ ）行かん」），　形容詞の「未然形」（ 例えば，「（ 今日こそ ）樂しけれ」）などの動詞や形容詞の活用形も中級ないし上級の日本語の學習項目として扱われる可能性がある。　この場合，大切なことは如何にしてこれらの特殊スタイルを「形式化」（ formalize ）あるいは「コード化」（ codify ）するかということである。例えばＮＨＫの子供向けの番組などに出てくる「擬古調」の「おとぎ話スタイル」は(226)のようにコード化出來るし，水澤舞ちやんの料理教室『ひとりでできるもん』の話し方は(227)のようにコード化出來る。

   (226) a.　「 ～(i)ます 」　→　「 ～(i)まする 」

       b.　「 ～(i)ません 」　→　「 ～(i)ませぬ 」

   (227),5a.　「 ～(r)u 」　→　「 ～(i)ちやう 」

107

b. 「～Ta」 → 「～(i)ちゃった」

c. 「～Te いる」 → 「～(i)ちゃってる」

また，同じくNHKで放送されたアニメ『80日間世界一周』の中で，フォッグ氏のお供をするパスパトーの奇妙きてれつなスタイルの日本語も(228)のようにコード化出來る。

(228) 「～(i)ます」 → 「～(r)u　でございますです」

言語の形式化は，一見雑然とした無秩序な言語現象を簡単明瞭な公式で表現することが出來るという點で，日本語文法の教育に大いに寄與する所があると信じている。

6.　むすび

以上，日本語の文法教育に對する私の日頃の考えの一端を述べさせて戴いた。　紙面の都合上，日本語文法の考え方に重點が置かれ，教え方の討論がいささか疎かになった嫌いがあるが，私の言わんとする所は，日本語を全然知らない學習者の立場から，日本語の構造と機能を觀察かつ分析し，その觀察と分析の結果を明確に「一般化」(generalize)することが大切であるというるとである。いおゆる日本語と外國語の間の「對照分析」(contrastive analysis)もこの明確なる一般化の要求に

應じたものでなくてはならない。

しかし，私はこの一般化した結論をそのまま學習者に教え
よと言っているのではなく，この一般化した結論を利用して學
習者のレベルとニーズに對應した適切な教材（說明と演習を含
む）をデザインすることの重要性を強調しているのである。

目下，台灣の日本語教育は，英語教育に比べて教材や教授
法の面で遙かに遅れていることがよく指摘されるが，その理由
の１つは抽象的な「アプローチ」（approach）や原則的な「メ
ソッド」（method）のみが問題にされ，微に入り細に穿つ具
體的な「テクニック」（technique）の研究がなおざりにされて
いるにあるのではなかろうか。

この意味で，大方の關心が單に日本語を教えることのみに
とどまらず，更に一步進んで系統的な日本語の研究や日本語と
中國語の對照分析に向けられることを願ってやまない。

本文は，1993年6月19日と20日に台北市の東吳大學で行れ
れた「日本語教育國際シンポジウム」の聘きに應じて發表した
論文である。紙幅を節約するために，動詞は丁寧體を使わず，
漢字も必要以上に使用した。漢字の使用は中國人讀者の文章內
容に對する理解にも役立つことと思う。また，本文の作成に當
たり，內容についていろいろ御教示をいただいた國立台灣師範
大學の董昭輝先生，および，ワープロ打ち，例文の提供など各
方面で力になってくれた日本語研究助手，谷口一康君に厚く禮
を言いたい。

參考文獻

今井幹夫，1983，『わかる日本語の教え方』，千駄ヶ谷日本
　　語教育研究所出版部

金水敏，1993，「終助詞ヨ・ネ」，『言語』第22卷4號p.118-
　　121

茅野直子・秋元美晴，1986，『外國人のための助詞－その教
　　え方と覺え方』，藏野書院

草薙裕，1991，『日本語はおもしろい－考え方・教え方・學
　　び方』，講談社

黃美珍，1991，『「お～です」を中心にして見た敬語の研究
　　』，埼玉大學大學院文化科學研究科修士論文

佐治圭三，1991，『日本語の文法の研究』，ひつじ書房

鈴木和子，1991，『日本語中級基礎文法問題集』，出版社不
　　詳

湯廷池，1990，「私の型破リ日本語教育：回顧と反省」，『
　　東吳日本語教育』12號p. 19-28

鳥飼浩二，1993，「自他動詞の認定をめぐる序論」，『言語』
　　第22卷5號p.78-85

新村出，1991，『廣辭苑（第四版）』，岩波書店

A " Minimalist " Approach to Contrastive Analysis of English, Chinese and Japanese

1. Introduction

It has often been complained by language teachers and computational linguists that Government-Binding Theory (or its latest developments as the Principles-and-Parameters Approach and the Minimalist Program) is too abstract in content and too esoteric in form to be of much use for language teaching or machine translation. In this paper, we will propose a "minimalist" approach to contrastive analysis, in which the theta-grid constitutes an essential part of lexical entries, and the computational system which regulates the projection of the content of theta-grids in terms of the X-bar theory and other principles of universal grammar. In this approach, sentences are simply projections of the obligatory arguments registered in the theta-grids of predicates, combined with substitution or adjunction of various optional arguments. The role of Affect α, or the rule system in general, is so drastically reduced as to become almost non-existent, and D-structure and S-structure, which seem to play no significant role in language teaching or machine translation, may be altogether eliminated. The paper consists of six sections. After a brief introductory section, section 2 and 3 present our theoretical assumptions and survey the semantico-syntactic properties of predicates as related to the theta-roles of their associated arguments. Section 4 then discusses how these semantico-syntactic properties can be incorporated in a very simple format of theta-grids, while section 5 investigates the conditions and constraints on the projection of the syntactic information presented in theta-grids. Finally, the concluding section summarizes how contrastive analysis of three genetically unrelated and typologically distinct languages, English, Chinese and Japanese, can be conducted by comparing the contents of the theta-grids between the corresponding predicates in these languages and investigating the manner in which they are projected into surface sentences. The relevance and value of the "minimalist" approach to language typology and machine translation is also briefly touched upon in the final section.

2. Theoretical Assumptions

Before going into a detailed discussion of our grammatical theory and analysis, we will briefly present our theoretical assumptions concerning how a natural language can be analyzed and generated in its simplest terms, how different languages can be compared with, or transferred from, each other in a most straightforward manner, and in what sense our approach can be called " minimalist."

(1)Language, or language faculty underlying it, can be analyzed as consisting mainly of two components: the lexicon and the computational system.

(2) The lexicon can be considered as the sum total of lexical items, which include words, morphemes and idioms occurring in a particular language. A lexical item, in turn, can be analyzed as a complex of phonetic, syntactic and semantic features specified in the lexical entries of these lexical items. One of the main sources of the idiosyncracies of a particular language or particular grammar lies in the lexicon.

(3) The computational system, on the other hand, consists of a very limited number of principles, along with a few parameters, the values of which (e.g. the plus or minus value, or a choice among several alternative

items) are left for individual languages to fix. Since these principles are highly interactive with each other, different selections of the parametric values also lead to considerable differences between languages.

(4) The computational system so conceived can be considered as a theoretical model for universal grammar (UG), whose principles and parameters characterize and constrain the core grammar (CG) of all natural languages. In addition to the core grammar, which constitutes the main body of a particular grammar (PG), individual languages may also contain a limited amount of peripheral grammar to handle their marked phenomena or constructions, resulting in further discrepancies between languages.

(5) Sentences consist of predicates, including verbs, adjectives and nouns, and their accompanying arguments, obligatory or optional. That is, sentences can be simply analyzed as projections of the syntactic properties of predicates. Furthermore, the projections must be constrained or licensed by the principles and parameters of universal grammar. Thus, our main concerns will be: (a) Exactly what syntactic properties of predicates are relevant to the projection into sentences? (b) How can these syntactic properties be most simply and generally

registered in the lexical entries of predicates? And (c) in what manner and under what constraints are these syntactic properties of predicates projected into sentences?

(6) Our approach purports to be "minimalist" in that not only do we admit of only the lexicon and the computational system, thereby drastically reducing the role of the rule system in our grammar, but we also derive the surface structure of a sentence without recourse to its deep structure. Moreover, all the syntactic information necessary for the projection into sentences is registered in the simplest way in the form of theta-grids for predicates, which will straightforwardly map onto sentences. This approach will not only simplify contrastive analysis between languages by pointing out the similarities and dissimilarities between the contents of the theta-grids of the corresponding predicates and the ways in which they project into sentences, but will also facilitate machine translation by rendering parsing rules and transfer rules virtually unnecessary.

3. Syntactic Properties of Predicates

Syntactic properties of predicate verbs, adjectives and nouns which are crucially relevant to projection into sentences include the following:

(1)Argument properties of predicates: that is, how many obligatory arguments do these predicates reguire to form a complete sentence? Are they "one-term" predicates (e.g. intransitive verbs), "two-term" predicates (e.g. transitive verbs) or "three-term" predicates (e.g. ditransitive verbs and complex transitive verbs)?

(2)Thematic properties of predicates: that is, what kind of semantic roles do these arguments play? Do they play the thematic role of Agent, Experiencer, Theme, Source, Goal, Benefactive, Instrument, Location or Time?

(3) Categorial features of arguments: that is, what syntactic category do these arguments belong to? Are they a noun phrase (NP), an adjective phrase (AP), an adverb phrase (AdP), a prepositional phrase (PP) or a clause (IP or CP)? If it is a clause, then what semantic type (e.g. declarative, interrogative, exclamatory) and syntactic type (e.g. finite, infinitival, participial, gerundive) does it belong to?

(4) Syntactic functions of arguments: that is, what syntactic functions do these arguments perform? Do they serve as subject, object, complement or adjunct? And what positions do they fill in a sentence?

Therefore, we are concerned with two problems,

both in theory and execution: How can we register these syntactic properties in the lexical entries of predicates in as simple and explicit a manner as possible? And how can we project these syntactic properties of predicates into sentences in as economical and straightforward a manner as possible? Our solution to the first problem will be the compilation of theta-grids for predicates, which employ theta-roles as basic units of lexical information.

Our proposed theta-grids consist of theta-roles which indicate semantic roles played by the arguments associated with predicates. It is still a moot question how many theta-roles should be recognized in universal grammar and how each theta-role should be defined and distinguished from others. The selection and determination of theta-roles must satisfy the criteria of universality, optimality and objectivity. We will not, however, go into a detailed technical discussion of how to set up a universal set of theta-roles, but rather, will heuristically present theta-roles which we think are useful in our discussion of contrastive analysis and machine translation, along with their semantic import, canonical structure realzation, collocation with adpositions (including prepositions and postpositions) and distribution in a sentence.

(i) Agent (Ag): the voluntary and self-controllable insti-
gator of the action identified by an actional verb, typi-
cally an animate or human NP; always occurring as
subject of an active sentence or introduced by agentive
adpositions " by；被，讓，給；に "in a passive sen-
tence, for example:

(1)a. [Ag John]　smashed the vase with a hammer.

　b. [Ag 小明]　用鐵槌敲碎了花瓶。

　c. [Ag 太郎が]　金槌で花瓶を割つてしまつた。

(2)a. The vase was smashed [Ag by John]　with a hammer.

　b. 花瓶　[Ag 被小明]　用鐵槌敲碎了。

　c. 花瓶　[Ag 太郎に]　金槌で割られてしまつた。

(ii) Experiencer (Ex): the non-voluntary or non-self-
controllable participant of perception or cognition iden-
tified by a stative verb, or one that is affected by a gen-
uine psychological event or mental state, typically an
animate or human NP, and capable of occurring as sub-
ject of an active sentence (as in (3) and (5)), the object of
agentive adpositions " by；被，讓，給；に "in a pas-
sive sentence (as in (4)) or the object of psychological
causative verbs (as in (6) and (7)):

118

(3)a. [Ex John]　({unintentionally/*intentionally}) heard Mary's words.

　b. [Ex 小明]　({無意地／*有意地}) 聽到了小華的話。

　c. [Ex 太郎<u>に</u>]　花子の話聲が({偶然／*わざと}) 聞こえた。❶

(4)a. Mary's words were ({unintentionally/*intentionally}) heard [Ex by John].

　b. 小華的話 ({無意中／*有意地}) [Ex 被小明]　聽到了。

　c. 花子の話聲が ({偶然／*わざと}) [Ex/Go 太郎<u>に</u>]　聞こえた。❷

(5)a. [Ex John]　fears his father.

　b. [Ex 小明]　怕他父親。

　c. [Ex 太郎は]　父親を　恐れている。

(6)a. John's remarks greatly surprised [Ex everyone].

　b. 小明的話　[Ex 使大家]　大爲驚訝。

---

❶Unlike English (" look at " v. " see, " " listen to " v. " hear ") and Chinese (" 看 " v. " 看{見／到} ", " 聽 " v. " 聽{見/到} "), which have a pair of actional versus stati ve verbs, Japanese (" 見る " v. " 見える, " " 聞く " v. " 聞こえる ") has a pair of transitive-actional versus intransitive-stative verbs. Thus, while English and Chinese may have a passive sentence with a stative verb of perception, Japanese can have a passive sentence only with a transitive-actional verb, but not with an intransitive-stative verb. Moreover, the Experiencer in (3c) might be better analyzed as Goal (Cf. " 花子の話聲が<u>太郎の耳に入った</u> ").

❷The permutation between " 太郎に " and " 花子の話聲が " in (4c) results not from Passivisation but from Scrambling.

c. 太郎の話は ［Ex 皆を］ あつと驚かせた。

(7)a. John struck ［Ex Mary］ as pompous.

b. 小明給 ［Ex/Go 小華］ 的印象是爲人自大。❸

c. 太郎は ［Ex/Go 花子に］ 傲慢な印象を與えた。

(iii) Theme (Th): the entity that exists, moves or changes; when used with a locational verb it denotes an entity that exists (as in (8) through (10)), when used with a transportational verb it denotes an entity that moves (as in (11) through (13)), and when used with a transitional verb it denotes an entity that undergoes a change (as in (14) and (15)); typically an NP (animate or inanimate, concrete or abstract) and may occur as the subject of a sentence (as in (8), (11), (14)), the object of a transitive verb (as in (9a, b), (12), (13), (15)) or an adposition (as in (10b, c), (12b, c), (15b, c)). In English, Themes following adjectives and nouns are often introduced by the preposition " of " (as in (16a) and (17a)) while Themes in Chinese may be either preceded by the preposition " 把 " or " 對 " in an active sentence (as in (18b) and (19b)), depending on whether they occur

---

❸The Experiencer occurring in Chinese (7b) and Japanese (7c) might be better interpreted as Goal.

with predicate verbs or adjectives. As for Japanese, predicate verbs and adjectives have nothing to do with the Case-assignment, since Cases are all assigned by postpositions. Thus, if Themes occur with intransitive verbs, they are invariably assigned the subject-marker " が " (as in (8c), (11c), (14c), (16c)). If Themes, on the other hand, occur with transitive verbs, they are more often than not assigned the object-marker " を " (as in (10c), (12c), (13c), (15c), (18c)). Furthermore, when Themes serve as the topics of sentences, they are assigned the topic-marker " は " (as in (11c), (14c)).

(8)a. [Th The dot]　is inside the circle.

b. [Th 點]　在圓圈裡。

c. [Th 點が]　圓の中にある。

(9)a. The circle contains　[Th the dot].

b. 圓圈裡含有　[Th 點]。

c. 圓の中に　[Th 點が]　ある。❹

---

❹ Japanese does not seem to have a verb corresponding to the English " contain " and the Chinese " 含有 " in the sense used here, and (9c) is simply the result of scrambling (8c). The nearest possible translation in Japanese may be " 圓はその中に　[Th 點を]　含んでいる。"

(10)a. John put 　[Th the book] 　on the bookshelf.

　　b. 小明　[Th 把書] 　放在書架上。

　　c. 太郎は　[Th 本を] 　本棚の上に　置いた。

(11)a. [Th The car] rolled sown the slope.

　　b. [Th 汽車] 沿著山坡滾下去。

　　c. [Th 車{が／は}] 坂に沿って轉落した。

(12)a. John gave 　[Th the book] 　to Mary.

　　b. 小明　[Th 把那一本書] 給了小華。

　　c. 太郎は　[Th その本を] 　花子に　あげた。

(13)a. Mary got 　[Th the book] 　from John.

　　b. 小華　從小明(那裡)　得到了　[Th 那一本書]。

　　c. 花子は　[Th その本を] 太郎から　もらつた。

(14)a. [Th The prince] 　turned into a frog.

　　b. [Th 王子] 變成了　青蛙。

　　c. [Th 王子樣{は／が}] 　蛙に　變わつてしまつた。

(15)a. The {witch/magic wand} turned 　[Th the prince] into
　　　a frog.

　　b. {巫婆／魔杖} [Th 把王子] 變成了　青蛙。

　　c. {魔法使い／魔法の杖}が [Th 王子樣を] 蛙に　變えてしま
　　　つた。

122

(16)a. John {likes/is fond of} [Th music].

   b. 小明很喜歡 [Th 音樂]。

   c. 太郎は [Th 音樂が] 好きだ。

(17)a. {That the enemy might destroy [Th the town] /The enemy's possible destruction [Th of the town]} never came into the general's mind.

   b. 將軍從沒有想到 敵軍(的) 可能毀滅 [Th 該鎮]。

   c. 將軍は 敵の軍隊が [Th その町を] 破壞するとは 思いもよらなかつた。

(18)a. Mary has { cleaned [Th the room] /[Th the room] cleaned}.

   b. 小華{打掃了 [Th 房間]/ [Th 把房間] 打掃了}。

   c. 花子は [Th 部屋を] 掃除した。

(19)a. He is very much concerned [Th about you].

   b. 他 { 很關心 [Th 你]/ [Th 對你] 很關心}。

   c. 彼は { [Th 君のことを]心配して /[Th 君のことに]關心を寄せて} いる。

(iv) Goal (Go): the receiver as destination, including the later state or end result of some action or change, animate (recipient) or inanimate (destination or temporal end-point); often occurring as complements (as in (20)), or as adverbials (as im (21a, b) and (23)), but sometimes as subjects (as in (22)) or as objects (as in (21a, b) and (23)). Recipient complements are often introduced by the adpositions " to; 給; に " (as in (20)), destination adverbials by " to, into, onto; 到; に，へ " (as in (24)), and temporal end-point adverbials by " to, till, until, through; 到; まで "(as in (25)):

(20)a. John gave his old car　[Go to Mary].

　　b. 小明把他的舊車送　[Go 給小華]。

　　c. 太郎は古い車を　[Go 花子に] 譲つた。

(21)a. John gave [Go Mary]　his old car.

　　b. 小明送　[Go (給)小華]　他的舊車子。

　　c. 太郎は　[Go 花子に]　古い車を譲つた。

(22)a. [Go John]　finally received the letter.

　　b.[Go 小明]　終於收到了那一封信。

　　c.[Go 太郎は]　ついにその手紙を受け取つた。

(23)a. The letter finally reached　[Go John].

　　b. 那一封信終於到達了　[Go 小明那裡]。

　　c. その手紙はついに　[Go 太郎の手元に]　届いた。

(24)a. They traveled from boston   [_{Go} <u>to</u> New York].

  b. 他們從波士頓旅行   [_{Go} <u>到</u>紐約] 。

  c. 彼らはボストンから   [_{Go} ニューヨーク{<u>へ/に</u>}]   旅行した。

(25)a. We will be staying here from June   [_{Go} { <u>to/till</u> / until/through}   August].

  b. 我們從六月   [_{Go} <u>到</u>八月]   會停留在這裡。

  c. 私達は六月から   [_{Go} 八月<u>まで</u>] ここに滞在する。

(v) Source (So): the origin or starting point, including an earlier location, state or time point, often used in conjunction with Goal, which indicates the later location, state or time point; mostly occurring as adverbials and introduced by such adpositions as " from, since (time point); 從, 由, {自/打} 從(time point); から " (as in (26), (27) and (28)). When used with verbs of trading and transition, however, Source can be a human NP (as in (29)) and, moreover, may occur as subject (as in (30) and (32)) or as object (as in (31)):

(26)a. They moved   [_{So} <u>from</u> the city]   into the country.

  b. 他們   [_{So} <u>從城市</u>]   搬到鄉間。

  c. 彼らは   [_{So} 都會<u>から</u>] 田舎へ引っ越した。

(27)a. The meeting lasted 　[$_{So}$ from nine]　 to eleven.

　　b. 會議　[$_{So}$ 從九點]　持續到十一點。

　　c. 會議は　[$_{So}$ 9時から]　11時まで續いた。

(28)a. I have been here [$_{So}$ since this morning].

　　b. 我　[$_{So}$ 從今天早上起]　一直在這裡。

　　c. 私は　[$_{So}$ 今朝から]　ずっとここにいた。

(29)a. John bought the house　[$_{So}$ from Mary].

　　b. 小明　[$_{So}$ 從小華（那裡）]　買了那一棟房子。

　　c. 太郎は　[$_{So}$ 花子から]　あの家を買った。

(30)a. [$_{So/Ag}$ Mary]　sold the house to John.

　　b. [$_{So/Ag}$ 小華]　那一棟房子賣給小明。

　　c. [$_{So/Ag}$ 太郎{が／は}]　あの家を花子に賣った。

(31)a. The {witch/magic wand} turned　[$_{So/Th}$ prince]　into a frog.

　　b. {巫婆/魔杖}　把　[$_{So/Th}$ 王子]　變成青蛙。

　　c. {魔法使い/魔法の杖}は　[$_{So/Th}$ 王子様を]　蛙に變えてしまった。

(32)a. [$_{So/Th}$ The prince]　turned into a frog.

　　b. [$_{So/Th}$ 王子]　變成了青蛙。

c. [So/Th 王子様{が／は}] 蛙に變わってしまった。

(vi) Benefactive (Be): the person affected fovorably (beneficiary) or unfavorably (maleficiary) because of an action performed by the agent or an event that takes place, typically an animate or human NP; often occurring as complements or as adverbials and introduced by such adpositions as " for (beneficiary), on (maleficiary), on behalf of; 給 (in preverbal adverbials or postverbal complements), 替 (only in preverbal adverbials), 衝著 (maleficiary); に, のために. " When used with ditransitive verbs, however, Benefactive may occur in the object position (as in (33a′)).

(33)a. John bought a mink coat [Be for Mary].

　　a′. John bought 　[Be Mary]　 a mink coat.

　　b. 小明買了一件貂皮大衣　[Be 給小華]。

　　b′. 小明　[Be {替/給} 給小華]　買了一件貂皮大衣。

　　c. 太郎はミンクのコートを　[Be 花子に]　買ってあげた。

　　c′. 太郎は　[Be 花子に]　ミンクのコートを買ってあげた。

(34)a. John cleaned the room [Be for Mary].

　　b. 小明　[Be {替／給} 小華]　打掃了房間。

　　c. 太郎は　[Be 花子のために]　部屋を掃除し(てあげ)た。

(35)a. John bought the book [Be for Mary] [Be on behalf of his brother].

　　b. 小明　[Be {替／給} 他的哥哥]　買了那一本書　[Be 給小華]。

　　c. 太郎は　[Be 兄貴に代わって]　[Be 花子(のため)に]　その本を買ってあげた。

(36)a. The joke was [Be on me] ; Don't play jokes [Be on him].

　　b. 那個玩笑是　[Be 衝著我]　來的; 不要開　[Be 他(的)]　玩笑。

　　c. その冗談は　[Be 私に]　向けられたものだ;

　　　　[Be 彼に]　いたずらをするのはよせ。

Moreover, Benefactive may be generalized to include the following cases.

(37)a. [Be John]{suffered a stroke/underwent an operation } last night.

　　b. [Be 小明]　昨天晚上　{中了風／開了刀}。

　　c. [Be 太郎は]　昨夜　{中風で倒れた／手術を受けた}。

(38)a. [Be Mary]{ had/got } her arm broken by accident.

　　b. [Be 小華]　不小心把手臂給弄斷了。

　　c. [Be 花子は]　うっかり手を折ってしまった。

(vii) Instrument (In): the thing, tool, device or means used by Agent, typically an inanimate NP (concrete (tool) or abstract (means)); often used as adverbials and introduced by such adpositions as " with (tool), by (means); 用 (tools, means), 搭, 坐 (transportation); で. " In the absence of Agent, however, Instrument may be promoted to become the subject (as in (42)).

(39)a. John crushed the piggybank　[In with a hammer].

　　b. 小明　[In 用鐵槌]　打碎了撲滿。

　　c. 太郎は　[In 金槌で]　貯金箱をぶち壊した。

(40)a. John got the money from Mary [In by a trick].

　　b. 小明　[In 用詭計]　從小華(那裡)得到了錢。

　　c. 太郎は　[In トリックで]　花子から金を取った。

(41)a. Mary went to Boston [In by { plane/car/sea}].

　　b. 小華　[In 搭飛機／坐汽車／坐船／經海路}]　到了波斯頓。

　　c. 花子は　[In {飛行機／車／船} で]　ボストンへ行った。

(42)a. [In John's hammer] crushed the piggybank.

　　b. [In 小明的鐵槌]　打碎了撲滿。

　　c. ? [In 太郎の金槌が]　貯金箱をぶち壊した。

(viii) Location (Lo): the location or spatial orientation of the state or action identified by the verb, typically a locative NP, often occurring as complements or as adverbials and introduced by such adpositions as "at/in/on/under/beside/across/…}…; 在…{裡(面)/上 (面)/下(面)/旁邊/對面/…}; の{中/上/下.橫/向かい/…}{に(complement)/で(adverbial)}. "

⑷a. He is studying [Lo at the library].

  b.他 [Lo 在圖書館] 讀書。

  c.彼は [Lo 圖書館で] 勉強している。

⑷a. She stayed [Lo in the room] alone.

  b.她一個人留 [Lo 在房間裡(面)]。

  c.彼女はひとり [Lo 部屋の中に] 留まつた。

⑷a. John put the pistol [Lo on the table].

  b.小明把手槍放 [Lo 在桌子上(面)]。

  c.太郎はピストルを [Lo テ ブルの上に] 置いた。

⑷a. It is very noisy [Lo in the city];

    [Lo The city] is very noisy.

  b.[Lo 城市裡] 很吵鬧。

  c.[Lo 都會は] やかましい。

(ix) Time (Ti): the time or temporal coordinate of the state or action indentified by the verb, typically a temporal NP, often occurring as adverbials and introduced by such adpositions as " {at/in/on/during/before/after/ …}…; 在…{的時候／當中／以前／以後…}, 於…; {時 ／前}に." " Bare-NP" time adverbs such as " today, tomorrow, day after tomorrow, yesterday, day before yesterday, {next/last} {week/month/year}; {今／明／後 ／昨／前}天, {下／上}{星期／個月}, {今／明／去}年; {今／明}日, あさって, {昨／一昨}日, {今／來／先}{週 ／月}, {今／來／去}年, "however, may occur without adpositions or even as subjects (as in (51)) or complements (as in (52)).

(47)a. They arrived [Ti at 10] and departed [Ti at 10:30].

　　b. 他 [Ti(在)十點鐘] 到達, [Ti(在)十點半] 離開。

　　c. 彼らは [Ti 10時に] 到著し, [Ti 10時半に] 出發した。

(48)a. Mary set the date [Ti for Monday].

　　b. 小華把日期訂 [Ti 在星期一]。

　　c. 花子は日取りを [Ti 月曜日に] 決めた。

(49)a. Edison was born [Ti in 1847] and died [Ti in 1931].

b. 愛迪生 ｛[Ti (於)1847年] 出生，[Ti (於)1931年] 逝世／
出生 [Ti 於1847年]，逝世 [Ti 於1931年]｝。

c. エジソンは [Ti 1847年に] 生まれ，[Ti 1931年に] 亡く
なつた。

(50)a. I met John [Ti yesterday].

b. 我 [Ti 昨天] 遇到了小明。

c. 私は [Ti 昨日] 太郎に會つた。

(51)a. [Ti Tomorrow] will be another day.

b. [Ti 明天]又是一個新的日子。

c. [Ti 明日は]また新しい一日が来る。

(52)a. My birthday was [Ti day before yesterday].

b. 我的生日是 [Ti 前天]。

c. 私の誕生日は [Ti 一昨日] でした。

(x) Quantity (Qu): the generalized range or an "arch-role," which includes such "allo-roles" as "number" (Qn), as in (53) and (54)), "duration" (Qd), as in (55) through (57), "cost" (Qc), as in (58) through (60), "length" (Q1), as in (61) through (62), "weight" (Qw), as in (64), "volume" (Qv), as in (65), "frequency" (Qf) and "measure" (Qm), as in (66) and (67); mostly consisting of a quantificational phrase (QP, i.e. a noun phrase containing a quantifier (Q)) and occurring as an adverbial (often introduced by the adposition " for " in English and " で " in Japanese). With certain predicate verbs, however, Quantity may occur as subject or topic (as in (51), (54c) and (57a)), object (as in (53), (54a,b) and (59a,b)) or complement (as in (56), (60a,b) and (62) through (65)).

(53)a. This hotel can accommodate [$_{Qn}$ five hundred guests].

  b. 這家飯店可以容納　[$_{Qn}$五百位客人]。

  c. このホテルは　[$_{Qn}$500名の旅客を]　收容することができる。

(54)a. This large dinner table can {seat/dine} [$_{Qn}$ twenty persons].

  b. 這一張大飯桌可以坐　[$_{Qn}$二十個人]。

  c. この大きな食卓は　[$_{Qn}$20人]　すわれる。

(55)a. We studied (English) [$_{Qd}$ for two hours].

  b. 他們(讀英語)讀了　[$_{Qd}$兩(個)小時]。

  c. 私達は(英語を)　[$_{Qd}$2時間]　勉強した。

(56)a. The conference lasted [$_{Qd}$ two hours].

b. 會議持續了 ［Qd 兩(個)小時］。

c. 會議は ［Qd 2時間］ 續いた。

(57)a. ［Qd Ten years] have elapsed since my son left.

b. 兒子走了以後已經過了 ［Qd 十年］ 了。

c. 息子が亡くなってから ［Qd 10年］ たった。

(58)a. I bought the book [Qc <u>for fifty dollars</u>].

b. 我 ［Qc 以五十塊美金(的代價)］ 買了這本書。

c. 私は ［Qc 50ドル(の値段)<u>で</u>］ この本を買つた。

(59)a. I paid [Qc fifty dollars] for the book.

b. 我爲這本書付了 ［Qc 五十塊美金］。

c. 私はこの本の(ため)に ［Qc 50ドル］ 拂つた。

(60)a. The book cost me ［Qc fifty dollars].

b. 這本書花了我 ［Qc 五十塊美金］。

c. この本は私に ［Qc 50ドル(を)］ 費やさせた；

私はいの本に ［Qc 50ドル (を)］ 費やした。

(61)a. The boat measures [Ql 20 feet].

b. 這條船長 ［Ql 二十英尺］；這條船有 ［Ql 二十英尺］ 長。

c. このボートの長さは ［Ql 20フィート］ だ；

このボートは長さが ［Ql 20フィート］ ある。

(62)a. The forest stretched [$_{Q1}$ <u>for miles</u>].

  b. 那座森林延伸 [$_{Q1}$ 好幾英里]。

  c. その森は [$_{Q1}$ 幾マイル(に)も] 廣がつていた。

(63)a. John stands [$_{Q1}$ six feet].

  b. 小明身高 [$_{Q1}$ 六英尺]; 小明有 [$_{Q1}$ 6英尺] 高。

  c. 太郎の身長は [$_{Q1}$ 6フィート]だ;

    太郎は身長が [$_{Q1}$ 6フィート] ある。

(64)a. Mary weighs [$_{Qw}$ one hundred pounds].

  b. 小華體重 [$_{Qw}$ 100磅]; 小華有 [$_{Qw}$ 100磅] 重。

  c. 花子の體重は [$_{Qw}$ 100ポンド]だ; 花子は體重が [$_{Qw}$ 100ポンド] ある。

(65)a. The cell measured [$_{Qv}$ [$_{Q1}$ eight feet] by [$_{Q1}$ five] [$_{Q1}$ eight] high].

  b. 那個房間(有)[$_{Qv}$[$_{Q1}$ 八英尺] 寬、[$_{Q1}$ 五英尺] 長、[$_{Q1}$ 八英尺] 高]。

  c. その部屋は [$_{Qv}$ 幅 [$_{Q1}$ 8フィート], 長さ [$_{Q1}$ 5フィート], 高さ [$_{Q1}$ 8フィート]] ある。

(66)a. We meet [$_{Qf}$ [$_{Qm}$ twice] a week].

  b. 他們 {[$_{Qf}$ 每星期]/[$_{Qd}$ 一星期]} 見面 [$_{Qf}$ 兩次]; 我們 [$_{Qf}$ 每星期] 見 [$_{Qf}$ 兩次] 面。

c. 私達は ｛[Qf 毎週] / [Qd 一周間]｝ [Qm 2度] 會っている。

(67)a. They dine together [Qf every three days].

   b. 他們 [Qf 毎三天] 一起吃飯 [Qm 一次]。

   c. 彼らは [Qf 3日おきに] [Qm 一度] 一緒に食事をしている。

(xi) Proposition (Po): the "arch-role" which consists of the subject and the predicate expressing a state, an event or an action. English propositions can be divided into semantic types such as (i) "declarative" (Pd), (ii) "interrogative" (Pq) ❺and (iii) "exclamatory" (Px), or syntactic types such as (i) "finite clauses" (Pf), (ii) "infinitival clauses with the complementizer 'for'" (Pi), (iii) "infinitival clauses without the complemen-l..... tizer 'for'" (Pi), (iv) "gerundive clauses with the genitive subject" (Pg), (v) "gerundive clauses with the accusative subject" (Pg), (vi) "finite clauses with the past-tense verb" (Pp), (vii) "finite clauses with the

---

❺Interrogative clauses can be further subdivided into "finite interrogatives" (Pq) and "infinitival interrogatives" (Pq). Declarative clauses can also be subclassified into those in which the complementizer "that" may be optionally deleted (Pf) and those in which the complementizer "that" may not be deleted (Pf; e.g. the complementizer "that" following "manner of speaking" verbs such as " shout, scream, shriek, mumble, mutter, whine, lisp, whisper, murmur, quip ").

root-form verb " (Pr), (viii) " infinitival (clauses) with an empty subject " (Pe), (ix) " participial or gerundive (clauses) with an empty subject " (<u>Pe</u>), and (x) " small clauses " (Ps). With Chinese and Japanese, however, no such elaborate subclassification of syntactic types is necessary, and we need only to identify five proposition types, namely, Pd, Pq, <u>Pq</u>, Px and Pe.

(68)a. I know [Pf (<u>that</u>) John is a nice boy].

  b. 我知道 ［Pd 小明是好男孩］。

  c. 私は ［［Pd 太郎がよい子だ］<u>ということを</u>］ 知っている。

(69)a. She whispered [<u>Pf</u> *(<u>that</u>) she had secretly bought the car].

  b. 她低聲(地) 説 ［Pd 她偷偷地買了車］。

  c. 彼女は ［Pd (彼女が) こっそり車を買った]<u>と</u>］ ささやいた。

(70)a. I asked Mary [Pq{ <u>whether /if</u>} she knew the answer].

  b. 我問小華 ［Pq 她{<u>是否／知 (道) 不</u>}知道答案］。

  c. 私は花子に ［Pq (彼女が) 答えを知っている<u>か</u> ({知っていない／どう}<u>か</u>) (<u>と</u>)] 尋ねた。

(71)a. We don't know [Pq{<u>whether (or not) /when/where / how</u> } we should go].

b. 我們不知道　［_{Pq}（我們）｛該不該／什麼時候該／該到什麼地方／該怎麼｝去］。

c. 私達は　［_{Pq}（私達が）｛果たして❻／いつ／どこへ／どういうふうに（して）｝行くべきか］　知らない。

(72)a. We don't know [_{Pq}｛whether (or not) /when/where/<u>how</u>｝PRO to go].

b. 我們不知道　［_{Pq} pro｛該不該／什麼時候該／該到什麼地方／<u>該怎麼</u>｝去］。

c. 私達は　［_{Pq} pro｛果たして／いつ／どこへ／どういうふうに（して）｝行くべき<u>か</u>］　知らない。

(73)a. Could you tell us ｛ [_{Pq} what we should/　[_{Pq} what PRO <u>to</u>｝do] ?

b. 你能告訴我們　［_{Pq}｛我們／pro｝該做什麼］　嗎？

c. ［_{Pq}｛私達が／pro｝どうすればよい<u>か</u>］　教えていただけませんか。

(74)a. I didn't know [_{Px}｛<u>what a smart girl</u> Mary is /Mary is

---

❻ "pro" (i.e. "small pro") stands for an empty pronoun occurring as subject of a finite clause, which may be generalized, along with "PRO" (i.e. "big PRO"), into a generalized empty pronoun "Pro." Note also that we can also say in Japanese "私達は　［_{Pq}（私達が）（果たして）行くべきかどうか］　知らない."

such a smart girl}].

b. 我並不知道　[Px 小華(竟然) 是這麼聰明的女孩子]。

c. [Px 花子が{こ/そ}んなに頭がよい子 (だ)]とは]　知らなか
つた。

(75)a. They never imagined [Px {how very smart she is/She
is so very smart}].

b. 他們(做夢也) 沒有想到　[Px 她(竟然) 這麼聰明]。

c. [[Px 花子が{こ/そ}んなに頭がよい]とは]　(夢にも)思わなか
つた。

(76)a. We consider ｛ [Pf that Shakespeare is/ [Pi
Shakespeare to be/ [Ps Shakespeare φ ｝ a great
poet].

b. 我們認爲　[Pd 莎士比亞是偉大的詩人]。

c. 私達は　[[Pd シエークスピアが偉大な詩人だ]と]　思ってい
る。

(77)a. John expects ｛ [Pf that Mary will/ [Pi Mary to｝
succeed].

b. 小明{期待/ 預料} [Pd 小華會成功]。

c. 太郎は　[[Pd 花子が{成功する]ことを]　期待している／成
功するだろう]と]　予測している｝。

(78)a. John wanted {(it) very much [Pi for Mary/ [Pi Mary} to succeed].

　b. 小明渴望　[[Pd 小華成功]。

　c. 太郎は　[[Pd 花子が成功する]{こと／の}を]　(しきりに) 願っている。

(79)a. Do you mind { [Pg my/ [Pg me} wearing your necktie] ?

　b. 你介意　[Pd 我用你的領帶]　嗎?

　c. [[Pd　(私が) あなたのネクタイをつけて] も]　かまいませんか。

(80)a. I wish [Pp I were a bird].

　b. 但願　[Pd 我是隻鳥]。

　c. [[Pd 私が鳥であ{つた] ら]／れ] ば]}　どんなによいことか。

(81)a. John insisted [Pr (that) Mary { be/stay} here with him].

　b. 小明堅持　[Pd 小華(一定要) 跟他在一起]。

　c. 太郎は　[[Pd 花子が彼と一緒にいる] ことを]　強く求めた。

(82)a. They found {[Pd (that) the place was / [Pi the place to be/ [Ps the place 𝒫} deserted].

　b. 他們發覺　[Pd 那個地方空無人影]。

c. 彼らは　[[Pd その場所には誰もいない] ことを]　發見した。

(83)a. John saw [Ps { Mary/her} 𝒫 walk into the restaurant].

　b. 小明看見　[Pd {小華／她} 走進餐廳]。

　c. 太郎は　[[Pd {花子／彼女} が食堂に入って行{く／った} のを]
　　見た。

(84)a. John tried [Pe PRO to reach Mary].

　b. 小明設法　[Pe PRO　(去) 聯絡小華]。

　c. 太郎は　[[Pe PRO　花子に連絡しよう] と]　試みた。

(85)a. John forced Mary [Pe PRO to marry him].

　b. 小明強迫小華　[Pe PRO　跟他結婚]。

　c. 太郎は花子に　[[Pe PRO　彼と結婚する] {ことを／よう}]
　　強要した。

(86)a. John promised Mary [Pe PRO to marry her].

　b. 小明答應小華　[Pe PRO　跟他結婚]。

　c. 太郎は花子に　[[Pe PRO　(彼女と) 結婚する] {こと／の} を]
　　約束した。

In the above discussion, we have postulated and identi-
fied a set of theta-roles which seem to be necessary for
contrastive analysis of English, Chinese and Japanese,

based on such formal criteria as (i) the Principle of
One-Instance-per-Clause (i.e. only one instance of each
theta-role may occur in a simple clause ❼), (ii) the Prin-
ciple of Complementary Distribution (i.e. those argu-
ments which are in complementary distribution must
fall under the same theta-role), (iii) the Principle of
Conjoinability (i.e. only arguments which fall under the
same theta-role can be conjoined), and (iv) the Princi-
ple of Comparability (i.e. only arguments which fall
under the same theta-role can be compared). Our postu-
lated theta-roles are perhaps more concrete than those
proposed by other scholars, because we have taken into
consideration not only the semantic content of theta-

---

❼This principle, however, does not prohibit the same theta-role from oc-
curring as obligatory and optional arguments in a simple clause. In the
following sentences, for example, two instances of Location and Bene-
factive occur, one as semantic argument (i.e. adjunct) and another as
indirect internal argument (i.e. complement).

(i) a. (While) [Lo in the classroom] Mary placed the flowers [Lo on the
        teacher's desk].
     b. [Lo 在教室裡] 小華把花擺　[Lo 在老師的桌子上]。
     c. 花子は　[Lo 教室の中で][Lo 先生の机の上に] 花を置いた。
(ii) a. John bought a wristwatch [Be for Mary] [Be on behalf of her
        mother].
     b. 小明　[Be {替／給} 小華的母親] 買了一隻手錶　[Be 給小華]。
     c. 太郎は　[Be 花子の母親{のために／に代わって}][Be 花子に]　時
        計を買ってあげた。

roles but also their distribution in terms of syntactic function, canonical structure realization in terms of syntactic category, and when they occur with adpositions (including prepositions and postpositions), unmarked manifestations of these adpositions. Thus, our postulated theta-roles ((i) through (xi)), syntactic functions into which they may enter, syntactic categories in which they may occur, and adpositions with which they may typically co-occur are summarized as follows.

(87)

   (i) Agent　　　　(Ag): (a) subject (animate NP);

   (b) oblique object (PP; " by; 被,讓,給; に ").

   (ii) Experiencer (Ex): (a) subject (animate NP);

   (b) object (animate NP);

   (c) oblique object (PP; " by; 被,讓,給,使; に ").

   (iii) Theme　　　 (Th) :(a) subject (animate or inanimate NP);

   (b) object (animate or inanimate NP);

   (c) oblique object (PP; " of;

把, 對; に ").

(iv) Goal   (Go): (a) complement (PP; " to (un-marked), into, onto (locative), till, until, through (temporal); 給 (animate recipient), 到 (locative or temporal end-point); に (unmarked), へ (locative), まで (temporal) " ; NP (when preposed in English and Chinese ditransitive constructions));

      (b) adjunct (PP; adpositions (the same as those in complements));

      (c) subject (NP);

      (d) object (NP).

(v) Source   (So): (a) adjunct (PP; " from (unmarked), since (temporal); 從 (unmarked), 由 (locative), {自 / 打} 從 (temporal); から ");

      (b) subject (NP);

      (c) object (NP).

(vi) Benefactive (Be): (a) complement (PP with animate object NP; " for; 給 ; に "); NP (when preposed in English ditransitive constructions, animate);

(b) adjunct (PP; with animate object NP; " for, on behalf of; 給, 替, 爲了; に, のために ");

(c) subject (animate NP).

(vii) Instrument (In): (a) adjunct (PP with inanimate object NP; " with (tool), by (means); 用 (tool, means), 搭 , 坐 (transportation); で ");

(b) subject (inanimate NP).

(viii) Locative (Lo): (a) complement and adjunct (PP with locative object NP; " at/in/on/under/beside/across/…} …; 在…({裡(面)／上(面)／下(面)／旁邊／對面／…}); …の{中／上／下／横／向かい／…} { に (complement) ／ で

145

(adjunct)｝"）;

(b) subject (locative NP).

(ix) Time (Ti): (a) adjunct (PP with temporal object NP;"｛at/in/on/ during/before/after/…｝…; 在…｛的時候／當中／以前 ／以後／…｝;…｛時／前／ 後｝に";NP (bare–NP temporal adverb);

(b) subject (temporal NP).

(x) Quantity (Qu): (a) complement (QP);

(b) adjunct (PP with QP as object;"for; 以; で";QP; QP);

(c) subject (QP);

(d) object (QP).

(xi) Proposition (Pr): (a) subject (Pd, Pq, P̲q̲, Px, Pf, Pi, Pg, Pr, Pe, P̲e̲, Pd, Pq, Pq, Px, Pe; Pd, P̲q̲, Px, Pe);

(b) object (Pd, Pd, Pq, P̲q̲, Px, Pf, Pi, P̲i̲, Pg, P̲g̲, Pe, P̲e̲, Pp, Pr, Ps; Pd, Pq, P̲q̲, Px, Pe; Pd, Pq, P̲q̲, Px, Pe);

(c) complement (Pd, Pq, P̲q̲,

Px, Pf, Pi, Pi, Pg, Pe, Pe,
Pr; Pd, Pq, Pq, Pe; Pd, Pq,
Pq, Pe);
(d) adjunct (Pi, Pi, Pg, Pg, Ps
(English)).

The eleven theta-roles listed above are essential but by no means exhaustive, and additional theta-roles may be proposed on empirical grounds. English verbs occurring in (88) through (90), for example, must take as complement manner (Ma), which may be adverbs or prepositional phrases introduced by " with. " In the corresponding Chinese and Japanese verbs, however, Manner may occur either as complements (as in (88b) and (89b)) or as adjuncts (as in (90b), (88c), (89c) and (90c)).

(88)a. He behaved { [badly] Ma to his wife/ [Ma with great courage]}.

b. 他{對太太(表現得) [Ma 很不好] ╱表現得 [Ma 很勇敢]}。

c. 彼は妻に { [Ma ひど く]あたつた╱[Ma とても勇敢に]ふるまつた}。

(89)a. She always treated us [Ma {well/with the utmost

courtesy}].

b. 她經常待我們 [Ma{很好／非常有禮貌}]。

c. 彼女はいつも{私達に [Ma よ<u>く</u>] してくれた／私達を
[Ma とても丁<u>重</u>に] あつかってくれた}。

(90)a. I {phrased/ worded } my excuse [Ma {carefully/ with
care}].

b. 我(措辭) [Ma 小心地]説出我的辯白。

c. 私は [Ma 注意深<u>く</u>]弁解（の言葉）を述べた。

Theta-roles such as Cause (Ca), Result (Re) and Condi-
tion (Co) may also be proposed to specify various adver-
bials or adjuncts. These theta-roles, moreover, may also
occur as subjects or objects. Cause in (92), as opposed to
Instrument in (91), for example, may occur as subject
and account for the difference in syntactic behavior
between these two theta-roles. Likewise, Result
occurring as object in (94) and Theme occurring as ob-
ject in (93) are differentiated by their syntactic
behavors in pseudo-cleft sentences in English and pas-
sive sentences in Chinese and Japanese. Compare:

(91)a. John burned down the house [In <u>with</u> fire]; The
house was burned down by John [In <u>with</u> fire].

b. 小明　[In{用／放}火]　燒毀了房子; 房子被小明　[In{用／放}火]燒毀了。

c. 太郎が　[In 火{で／をつけて}]　家を焼きはらってしまった; 家は太郎が　[In 火{で／をつけて}]　焼きはらってしまった。

(92) a. [Ca A fire] burned down the house;

The house was burned down [Ca by a fire].

b. [Ca 一場火]　燒毀了房子。

房子　[Ca 被一場火]　燒毀了。

c. [Ca 火事が]　家を焼いてしまった;

家が　[Ca 火事で]　焼けてしまった。

(93) a. They finally destroyed [Th the house].

[Th The house] was finally destroyed (by them);

What they finally did to [Th the house] was destroy it.

b. 他們終於拆毀了　[Th 房子];

[Th 房子]　終於被(他們)拆毀了。

c. 彼らはついに　[Th 家を]　とりこわした;

[Th 家は]　ついに（彼らに）とりこわされた。

(94) a. They finally built [Go the house];

[Go The house] was finally built (by them);

*What they finally did to [Go the house] was build it.

b. 他們終於蓋了　[Go 房子];

　*[Go 房子]　終於被他們蓋了。

c. 彼らはついに　[Go 家を]　建てた。

*[Re 家は]　ついに(彼らに)建てられた。

Note also that Manner, Cause, Result and Condition (Co) may occur as semantic arguments or adverbials in the form of adverbs (e.g. " A-1y；A 地；A く "), adpositional phrases introduced by various adpositions (e.g. " with (care), in (peace); 以（A 的態度），如（NP（一）般（地），像（NP）一様；（{慎重／靜か／NP のよう}に,（{ちゃん／きちん／しっか}）と,(NP の) 如く "; " for (the sake of), because of, owing to, with a view to, from (thirst), of (hunger), in order to (VP), so as to (VP); {爲了／由於／因爲} NP, {以便／藉以／用以} VP; (NP) のため(に), (NP) で, (V(i)) に, (A く) て "; " in (case/the event} of ") or subordinate clauses introduced by subordinate conjunctions (e.g. " {as/as if/like} S;（{猶／宛}）如S（一般）; S {が如く／かのように}；{ for/because/as/since/now that} S; {因爲／由於／好讓} S; S {ので／から／ゆえ／ため(に)}; {so {A /Ad } that/so much so that/such that} S; 以致於S; …{過ぎて／ので}）; {if/in case (that)/provided (that)/ in the event that/unless} S ; {如果／假如／假使／假若／要（不）是／除非} S; ({V-(r)u/V-(a) ない} と , ({V-(Ta)/ V-(a) なかつた}) ら , ({V-(r)e/V-(a)n(aker)e}) ば , ({V-(r)u/V-(a) ない}) なら "). Moreover, adpositions (including prepositions and postpositions) and conjunctions can be analyzed as two-term predicates; i.e., adpositions taking NPs as complements and various maximal projections (e.g. VPs, IPs) as specifiers, subordinate conjunctions taking subordinate clauses as complements and principal clauses as specifiers, and coordinate conjunctions taking coordinate maximal projections (e. g. NPs, VPs, APs, AdPs, IPs, CPs) as conjuncts (or, alternatively, as complements and specifiers in a revised version of the X-bar Convention to be dicussed in section 5).

4. The Theta-grid: its Contents and Formalization

As discussed above, the syntactic properties of predicate verbs, adjectives and nouns include argument and thematic properties of these predicates, along with categorial features and syntactic functions of their accompanying arguments. Now our task is how to register these syntactic properties in the form of theta-grids as simply and explicitly as possible, so that they can be projected into sentences in as economical and straightforward a manner as possible.

(i) In principle, only obligatory arguments (that is, internal arguments, including direct internal arguments (= objects), indirect internal arguments (= indirect objects or complements), and external arguments (= subjects)) will be registered in the theta-grid, and semantic arguments (that is, adjectival and adverbial adjuncts) will be handled by lexical redundancy rules such as (95):

(95)a. $[\cdots Xx]$ → $[\cdots In, Ma, So, Go, Lo, Ti, Re, Xx]$

John studied English. → John studied English <u>diligently</u> at the library yesterday for today's examination.

b. $[\cdots Xx]$ → $[\cdots Re, Ti, Lo, So, Go, In, Ma, Xx]$

小明讀英語。→ 小明 <u>爲了準備今天的考試</u> <u>昨天</u> <u>在圖書館</u> <u>認真地</u>讀英語。

c. $\langle\cdots Xx\rangle$ → $\langle\cdots Re, Ti, Lo, So, Go, In, Ma, Xx\rangle$ ❽

太郎は英語を勉強した。→ 太郎は <u>今日の試驗のために</u> <u>昨日</u> <u>圖書館</u>で <u>熱心に</u> 英語を勉強した。

---

❽The angle brackets (" $\langle\cdots\rangle$ ") for the Japanese theta-grid indicate that the order of the argument listed may be scrambled in surface sentences.

The lexical redundancy rule (95) states that semantic arguments or adverbial adjuncts such as In(strument), Ma(nner), So(urce), Go(al), Lo(cation), Ti(me), Re(ason) should be inserted between the external argument " Xx " and the rest of arguments " ··· " (in the case of absolute intransitive verbs which contain only external arguments in their theta-grids, these adjuncts simply follow the external argument) in the order given. The actual positioning of these adjuncts in surface sentences will be decided by the Head Parameter for each language. In English, which is basically head-initial in phrasal constructions, adverbial adjuncts follow the predicate verb and internal arguments, while in Chinese and Japanese, which are basically head-final in phrasal constructions, adverbial adjuncts precede the predicate verb and internal arguments. As for adverbial adjuncts that are idiosyncratic in occurrence and distribution, their idiosyncracies will be specified in·the theta-grids of these adjuncts (see the relevant discussion in (xiii) below). The distinction between obligatory versus optional agruments is important because obligatory arguments behave differently from optional ones in terms of the position they may occupy in a sentence and the adposition they may select. Benefactives in Chinese, for example, must take the preposition " 給 " when they occur postverbally as obligatory arguments, but may take either " 給 ", " 替 " or " 爲 " when they occur preverbally as optional adjuncts, as illustrated in (96a,b). Locatives in Japanese take the postposition " に " when occurring as internal arguments but take " で " when occurring as semantic arguments, as illustrated in (96c,d):

(96)a. 我寄了一封信 [Be 給小明].

  b. 我 [Be {給／替／爲} 小明] 寄了一封信。

  c. 太郎は [Lo 東京に] 住んでいる。

  d. 太郎は [Lo 東京で] 働いている。

Note also that theta-grids are provided for predicate verbs in the form of active voice, theta-grids for pasive verbs being derivable by a lexical redundancy rules such as (97):

(97)a. V --> Be V-en; [{Th/Go/So} ···{Ag/Ex/Ca}] -->

    [···by {Ag/Ex/Ca}, {Th/Co/So}]

John put the kitten in the basket. -->

The kitten was put in the basket by John.

Mary heard John's scream. -->

John's scream was heard by Mary.

John gave Mary a beautiful necklace. -->

Mary was given a beautiful necklace by John.

The teacher forced Mary to study English. -->

Mary was forced to study English by the teacher.

The teacher asked me a lot of questions. -->

I was asked a lot of quextions by the teacher.

The fire destroyed the house. -->

The house was destroyed by the fire.

b. V --> (給) V; [{Th/Go/So}…{Ag/Ex/Ca}] -->
[被{Ag/Ex/Ca}]

小明把小貓放在籃子裏。--> 小貓被小明放在籃子裏。

小華聽到了小明的尖叫聲。--> 小明的尖叫聲被小華聽到了。

老師強迫小華學習英語。--> 小華被老師強迫學習英語。

老師問了我很多問題。--> 我被老師問了很多問題。

一場火燒毀了房子。--> 房子被一場火給燒毀了。

c. V --> V-(r)are-; < {Th/Go/So}…{Ag/Ex/Ca}> -->
{Th/Go/So} は, {Ag {Ag/Ex} に /Ca で}…>

太郎が子貓をバスケットの中に入れた。-->
子貓は太郎にバスケットの中に入れりれた。

花子が太郎の悲鳴を聞いた。-->
太郎の悲鳴は花子に聞かれた。

先生が花子に英語を勉強するよう強要した。-->
花子は先生に英語を勉強するよう強要された。

先生が<u>私</u>に色色質問(を)した。-->

<u>私</u>は<u>先生</u>に色色質問(を)された。

?<u>火事</u>が家を燒いた。--> 家は<u>火事</u>で燒かれた。

(ii) There are verbs that can be used both transitively and intransitively. Ergative verbs, for example, can be used as inchoative-intransitive as well as causative-transitive verbs, in which case the external argument Agent of the ergative verb " open; 開; 開く ❾ " is placed in the parentheses (" (Xx) ") along with the internal argument Theme, as in " [Th (Ag)], " to indicate the combination of the causative-transitive " [Th, Ag] " and the inchoative-intransitive " [Th]. " Thus, the theta-grid " [Th (Ag)] " will project to yield the causative-transitive (98) and inchoative-intransitive (99) sentences.

(98)a. [Ag John]   opened   [Th the door]   slowly.

b. [Ag 小明]   慢慢地開了   [門]。

c. [Ag 太郎は]   ゆつくりと   [Th ドアを]   開いた。

---

❾While the English verbs " open; close, shut " and the Chinese verbs " 開，打開；關，關閉 " are all ergative verbs, among the Japanese verbs " 開(ひら)く，開ける，開(あ)く；閉じる，閉める，閉まる " are ergatives, and " 開ける；閉める " and " 開(あ)く，閉まる " aretransi tives and intransitives, respectively.

(99)a. [Th The door]　opened slowly.

b. [Th 門]　慢慢地開了。

c. [Th ドアは]　ゆっくりと開いた。

Certain transitive verbs (e. g. " finish；做完；すま{せ る／す} ") may optionally delete their objects in sur-face sentences, in which case the internal argument may be placed in the parentheses (e. g. [(Th) Ag]) to indicate its optionality and will project into sentences such as (100):

(100)a. Have you already finished（[Th your homework] ）?

b. 你已經做完了　（[Th 你的作業]）　嗎？

c. もう　（[Th 宿題{を／は}]）　濟ま{せ／し}たの？⑩

Thus, the English verbs " eat, dine, devour " are distin-guished in their theta-grids, respectively, as "[(Th) Ag],"

---

⑩Many Japanese, however, seem to prefer using the intransitive verb " 濟 む, " as illustrated in " もう宿題は濟んだの?. "

⑪In addition to " [Ag], " the verb " dine " also has the theta-grid " [Qu, Lo], " which yields sentences like " [Lo This table] can dine [Qu twelve persons] " and " [Qu How many people] can [Lo this restaurant] dine? ". The theta-grids " [Ag] " and " [Qu, Lo] " can be combined into one by the use of curly brackets (" {Xx/Yy} "); namely, " [{Ag/Qu, Lo}]. "

" [Ag] " ❶ and " [Th , Ag], " which will yield sentences such as (101):

⑽a. What time do we eat　([Th dinner])？

　b. What time do we dine?

　c. The lion devoured *([Th the deer]).

(iii) There are al so ditransitive verbs that take two internal arguments (i. e. objects), direct and indirect, either of which may be optionally deleted. In this case, " linked parentheses " (" (Xx Yy) ") may be used to indicate an optional choice of either " Xx " or " Yy. " Moreover, with many English and Chinese ditransitive verbs, indirect objects may either follow or precede direct objects in surface sentences. This optional permutation between direct and indirect internal arguments can be represented in their theta-grids by the use of angle brackets (" <Xx, Yy> ") ❷. Thus, ditransitive verbs such as " send; 送; 送る, " " teach;教 ; 教える "

---

❷Since all the arguments in Japanese, obligatory or otherwise, can be scrambled or permuted, which is indicated in the theta-grid by the use of angle brackets rather than that of square brackets, there is no need to insert angle brackets within the angle brackets.

and "ask; 問；聞く" may have the theta-grids "[<Th (Go)> Ag] ❸; [<Th ((給) Go)> Ag]; <Th (Go) Ag>," "[<(Th ◊ Go)> Ag]; [(Go ◊ Th) Ag]; <Th (Go) Ag>" and "[(Th ◊ of Go)> Ag] ❹; [(Go)(Th) Ag]; <Th (Go) Ag>," repectively, yielding sentences such as (102) throuth (104):

(102)a. John sent {[Th a box of chocolates] ([Go to Mary]) / [Go Mary] [Th a box of chocolates]}.

　b. 小明送了{[Th 一盒巧克力糖] ([Go 給小華])/[Go (給)小華] [Th 一盒巧克力糖]}。

　c. 太郎は{[Th チョコレートを一箱] [Go 花子に])/[Go 花子に] [Th チョコレートを一箱]} 送つた。

(103)a. Who is teaching {([Th Engilish]) [Go to your brother] / [Go your brother] ([Th English])/[Th English]}?

　b. 誰在教　{[Go 你弟弟] [Th 英語] /[Go 你弟弟] /[Th 英語]} ?

　c. 誰が　　([Go 君の弟に]) [Th 英語を] 教えているの？

---

❸The underline under a theta-role (" Xx ") denotes that this theta-role is inherently Case-marked and thus does not require a structural Case assigned by a transitive verb or a preposition.

❹The spelling-out of the Goal preposition " of " in the theta-grid for the English verb " ask " indicates that this is a " marked " representation of the Goal preposition, whose unmarked manifestation is " to. "

(104)a. We asked {[Th a question] ([So of Mr. Lee]) / [So Mr. Lee] ([Th a question])}.

   b. 我們問了 {[Go 李先生] [Th 一個問題] / {[Go 李先生] / [Th 一個問題]}.

   c. 私達が ([Go リー先生に]) [Th 問題を一つ] 聞いた。

(iv) Predicate verbs that have more than one surface realization can be so indicated in their theta-grids by the use of curly braces and angle brackets. Verbs like "blame; 怪罪; 責める" and "load; 装（載）；（どっさり）積む," which take two permutable NP and PP complements in English, for example, will have the theta-grids " [{Be for Ca/Ca, on Be} Ag]; [Be, Ca, Ag]; <Be, Ca, Ag> " and " [{Th, Lo/Lo, with Th} Ag]; [Lo, Th, Ag]; <Th, Lo, Ag>, " respectively, yielding sentences such as (105) and (106):

(105)a. John blamed {[Be Mary] [Ca for the accident]/[Ca the accident] [Be on Mary]}.

   b. 小明 [Ca 為了車禍] （而）怪罪 [Be 小華]。

   c. 太郎が [Ca 事故のことで] [Be 花子を] 責めた。

(106)a. John loaded 〔[Th the furniture] [Lo {on/ onto/ into}
the truck]/[Lo the truck] [Th with the furniture]〕. ⑮

b. 小明 〔[Th 把家具] 裝 [Lo 在卡車{上／裏}面]／[Lo 在卡車{
上／裏}面]〕 裝滿了 [Th 家具]。

c. 太郎が [Lo トラックの{上／中}に] [Th 家具を] (どっさり
)積んだ。

Similarly, verbs like "talk; 談（論）; 話す"and
"hear; 聽到; 聞く,"which take two PP-complements
that can be permuted in English, will have the theta-
grids "[<Go, about Th> Ag]; [（有關）Th 的事情, 跟 Go,
Ag]; <Th（のこと）について, Go と, Ag>]"and "[<So,
about Th> Ex] ⑯；[（有關）Th 的消息, So, Ex]; <Th のこ
と, So, Ex>,"respectively, yielding sentences such as
(107) and (108):

---

⑮ There is a difference in interpretation, however, between "John loaded
the furniture on the truck" (partitive reading) and "John loaded the
truck with the furniture" (holistic reading). The holistic reading is con-
veyed in Chinese and Japanese, not by the difference in word order, but
by such adverbial expressions as "（裝）滿"and "どっさり(積む)."

⑯ The English verb "hear" has, in addition, the theta-grid "[{Th, So/So,
Pd} Ex],"corresponding to the Chinese verb "聽到 Th, 聽說 Pd"
([{Th/So 說 Pd} Ex]) and the Japanese verb "聞く"(<{Th/Pd こと} So,
Ex>), yielding sentences such as "I heard {the news from him/from him
that his wife was ill}; 我{從他(那裏)聽到這個消息／聽他說他的太太
病了}；私は彼から{この消息／彼の妻が病氣であること}を聞いた."

161

(107)a. John talked {[Go to Mary] [Th about the party]/
[Th about the party] [Go to Mary]}.

  b. 小明 [Go 跟小華] 談 [Th (有關) 車禍的事情]。

  c. 太郎は [Go 花子に] [Th 事故のことを] 話した。

(108)a. I heard {[So from him] [Th about the accident]/
[Th about the accident] [So from him]}.

  b. 我 [So 從他(那裏)] 聽到 [Th (有關) 車禍的消息]。

  c. 我は {[Th 事故のことを] [So 彼から]/[So 彼から] [Th 事故のことを]} 聞いた。

(v) Though we strictly observe the "One-Instance-per-Clause" Principle, which requires that no two identical theta-roles occur as obligatory arguments within the same simple sentence, we will slightly loosen this constraint under the following three sets of circumstances. First, two identical theta-roles may appear in the same simple sentence, if one occurs as an obligatory argument, and the other as a semantic argument (i. e. adjunct), as illustrated in (109):

(109)a. [Lo In the classroom] John sat [Lo in the front row].

  b. 小明 [Th 在教室裏] 坐 [Lo 在最前面的一排]。

  c. 太郎は [Lo 教室の中で] [Lo 一番前の席に] 坐っている。

"Symmetric" predicates, which require semantically plural subjects (e. g. "kiss; (⟨接／相⟩)吻; キツス（を）する," "meet; 見（面）; 會う," "consult; 相量; 相談する") or objects (e. g. "mix; 混合; 混⟨じ／ぜ⟩る") and function either as transitive or intransitive verbs, will be assigned the theta-grid "[⟨Ag^Ag'/Go, Ag⟩]" or "[⟨Th^Th'/Th^Th', Ag⟩]" and yield surface sentences like (110) and (111):

(110)a. {[[$_{Ag}$ John] [$_{Ag'}$ and Mary]] kissed / [$_{Ag}$ John] kissed [$_{Go}$ Mary]}.

  b. {[[$_{Ag}$ 小明] [$_{Ag'}$ 跟小華]] 相吻了 /[$_{Ag}$ 小明] 吻了 [$_{Go}$ 小華]。

  c. {[[$_{Ag}$ 太郎と] [$_{Ag'}$ 花子] が]/[$_{Ag}$ 太郎が] [$_{Go}$ 花子に]} キツスした。

(111)a. {[[$_{Th}$ Oil] [$_{Th'}$ and water]] won't mix/You can't mix [$_{Th}$ oil] [$_{Th'}$ ⟨and/with⟩ water]}.

  b. {[[$_{Th}$ 油] [$_{Th'}$ 跟水]] 不能混合 /你不能混合 [$_{Th}$ 油] [$_{Th,}$ 跟水]}.

  c. [[$_{Th}$ 水と] [$_{Th'}$ 油] は] {混じらない／混ぜることが出來ない}。

Finally, certain predicate verbs (e. g. "outrun; 跑得過／跑得比…快; …より早く走る," "outtalk; 說得過／說

得比…{好／快}；…より{上手に／早く} 話す，"
"outshoot; 射得過／射得比…準; …より正確に射つ")
that seem to require identical theta-roles as both subject
and object in their semantic interpretation will be as-
signed the theta-grid "[Th, Th']" and yield a surface
sentence like (112):

(112)a. [$_{Th}$ John] can always outrun [$_{Th'}$ Bill].

   b.[$_{Th}$ 小明] 總能{跑得過 [$_{Th'}$ 小剛]/[$_{Th'}$ 比小剛] 跑得快}。

   c.[$_{Th}$ 太郎] いつも [$_{Th'}$ 次郎より] 早く走る。

(vi) We also strictly observe the Theta Criterion, which
requires that the relationship between arguments and
theta-roles be one of one-to-one correspondence;
namely, each argument is assigned one and only one
theta-role, and each theta-role is assigned to one and
only one argument. When a certain argument can be
interpreted as playing more than one theta-role, how-
ever, we will indicate this lexical ambiguity in the
theta-grid by the use of curly brackets and a comma (i.
e. "{Xx, Yy}" ⑰). Thus, the verbs "roll; (翻) 滾; 轉が

---

⑰The use of curly brackets and a comma ("{Xx, Yy}") differs from the
use of curly brackets and a slash ("{Xx/Yy}"): while the former
signifies that a certain argument may be interpreted as playing the
theta-role "Yy" as well as the theta-role "Xx," the latter indicates an
optional choice of either the theta-role "Xx" or "Yy," but not both.

(り落ち) る, "for example, wil be assigned the theta-grids "[{Ag, Th} (Ro)]; [{Ag, Th} (Ro)]; <{Ag, Th} (Ro)> "⑱and yield a sentence like (113), in which the subject NP "John; 小明；太郎 "may receive the semantic interpretation of either (voluntary) Agent or (involuntary) Theme:

(113)a. [$_{Ag, Th}$ John] rolled down the hill.

b. [$_{Ag, Th}$ 小明]　沿著山坡滾下来。

c. [$_{Ag, Th}$ 太郎は]　坂に沿つて轉がり落ちた。

Similarly, the verbs "buy; 買; 買う "and "sell; 賣; 賣る "will be assigned the theta-roles "[Th (So) {Ag, Go}]; [Th (So) {Ag, Go}]; <Th (So) {Ag, Go}> "and "[Th (Go) {Ag, So}]; [Th (Go) {Ag, Go}]; <Th (So) {Ag, So}>, "respectively, which will yield sentences like (114), where the subject NPs "John; 小明；太郎 "receive the Goal as well as Agent interpretation, and (115), where the subject NPs "Mary; 小華; 花子 "receive the Source as well as Agent interpretation:

---

⑱ "Ro "stands for "Route. "The verbs "roll; (翻) 滾; 轉が(り落と) す "have, in addition, the theta-grid "[Th (Ro) Ag]; [Th (Ro) Ag]; <Th (Ro) Ag>, "yielding sentences such as "John rolled the rock down the hill; 小明把石塊沿著山坡滾下去; 太郎は岩を坂に沿つて轉が(り落と)した. "

(114)a. [ₐg, Go John]　bought some used books from Mary.

　　b. [ₐg, Go 小明]　從小華(那裏) 買了一些舊書。

　　c. [ₐg, Go 太郎が]　古本を数冊花子から買つた。

(115)a. [ₐg, So Mary]　sold some used books to John.

　　b. [ₐg, So 小華]　賣了一些舊書給小明。

　　c. [ₐg, So 花子が]　古本を数冊太郎に賣つた。

(vii) In order not only to optimize the number of theta-roles available in our analysis but also to simplify the selectional restrictions between theta-roles and adpositions, we have left unspecified the adpositions that co-occur with various theta-roles in unmarked cases, but specified in the theta-grids those co-occurring with various theta-roles in marked cases. Thus, the Source preposition " from " in the theta-role " [Th (So) Ag] " for the English verb " steal, " or the Theme preposition " of " in the theta-role " [So (Th) Ag] " for the English verb " rob, " will be left unspecified, yielding sentences such as (116a) and (117a) ⓳, while the marked selection of the Source preposition " of " for the English verb " ask, " and the Theme preposition

---

⓳The Chinese and Japanese verbs corresponding to the English verbs " steal " and " rob " are " 偷; 盜む " and " 搶; 奪う ", respectively, both of which have the theta-grid " [Th (So) Ag]; <Th (So) Ag>, " yielding sentences like (116b, c) and (117b, c).

"for" for the English verb "beg," must be specified in their theta-grids as "[< Th, of So> Ag]" and "[So, for Th, Ag]," respectively, yielding sentences such as (118a) and (119a) ❷ :

(116)a. The clerk stole [Th the money] [So from the cash register].

   b. 那個店員　[So從收銀機]　偷了　[Th錢]。

   c. あの店員は　[Soレジから]　[Th金を]　盗んだ。

(117)a. The man robbed [So the bank]　[Th of the money].

   b. 那個男人　[So從銀行(裏)]　搶了　[Th錢]。

   c. あの男は　[So銀行から]　[Th金を]　奪つた。

(118)a. I would like to ask {[Th a favor] [So of you] /[So you] [Th a favor]}.

   b. 我想請　[Go你]　幫　[Th個忙]。

   c. [Go君に]　[Th助けを]　頼みたい(ことがある)。

(119)a. I Lave come to beg [So you] [Th for help].

   b. 我來{[Go向你]　請求／請求　[Go你(的)]}[Th幫忙]。

---

❷The Chinese and Japanese verbs corresponding to the English verbs "ask" and "beg" are "請,（請）求" and "賴む,求める," respectively, with the theta-grids "[Go, Th, Ag]" and "<Th, Go, Ag>."

c. [Go 貴方に] [Th 助けを] 求めに來ました。

(viii) For predicate verbs which appear in the form of idioms or phrases, we assign theta-grids to these idiomatic or phrasal verbs. Thus, the English verbs and verb phrases " die, pass away, kick the bucket, yield up the ghost, pay the debt of nature, go to one's long account " are all assigned the theta-grid " [Be], " and so are the Chinese verbs and verb phrases " 死，翹辮子，兩腳伸直，穿木長衫 " or the Japanese verbs and verb phrases " 死ぬ，他界する，逝去する，あの世へ旅立つ，あの世の人となる，閻魔に會う. " Similarly, English phrasal verbs such as " give {birth/rise} to, " " look {up to/down} " and " take...into {consideration/account} " are assigned, respectively, the theta-grids " [Go, So], " " [Th, Ex] " and " [Th, Ag]. "

(ix) The English expletives " there " and " it " appear in " unaccusative " (including " existential ") sentences and " impersonal " constructions, respectively, as non-referential and non-thematic subjects. For predicate verbs that may or must take pleonastic " there " and " it " as subjects, we will place these pleonastics as optional or obligatory external arguments in their theta-grids. Thus, English meteorological verbs such as "rain, snow, hail, thunder" are assigned the theta-grid "[it], " yielding a sentence like (120a) ㉑:

(120)a. <u>It</u> is {raining/ snowing/hailing/thundering}.

b.{下{雨／雪／雹}／打雷}了。

c.{{雨／雪／雹}が降つて／雷が鳴つて}いる。

English existential verbs (e. g. "be, exist, live, remain") and unaccusative verbs (e. g. "arrive, occur, emerge"), on the other hand, are assigned the theta-grids "[{Lo, Th <+def>/ Th <-def>, Lo, there}] ㉒" and "[{Th <+def>/ Th <-def> (there) }], " respectively, yielding sentences like (121a) and (122a) ㉓:

㉑The Chinese and Japanese verbs corresponding to the English verbs "rain, snow, hail, thunder" are "下{雨／雪／雹},打雷" and "({雨／雪／雹}が)降る,(雷が)鳴る, " respectively, and are assigned the theta-grids "[ ] " and "< {雨／雪／雹／雷} >, " yielding sentences like (120b) and (120c).

㉒ " <+def> " and " <-def> " stand, respectively, for " <definite> " and " <indefinite>. "

㉓The Chinese and Japanese verbs corresponding to the English verbs "be; arise " are "在,有;發生" and "有る;起る, " respectively, and are assigned the theta-grids "在 [Lo, Th <+def>], 有 [Th <-def>, Lo]; 發生 [{Th <+def>/(有)Th (ヲ)] " and "有る<Lo, Th>;起る[Th], " yielding sentences like (121b, c) and (122b, c).

(121)a. {[Th The book] is/ There is [Th a book]} on the desk.

b. {[Th (那本) 書] 在桌子上/桌子上有 [Th (一本) 書]。

c. {[Th (あの)本は] つくえの上に/つくえの上に [Th 本が (一冊)]}有る。

(122)a. {[Th The accident] arose/[Th An accident] arose/ There arose [Th an accident]} from carelessness.

b. {{[Th (那件) 意外事故]/[Th 有一件意外事故]} 因爲粗心大意 而發生了/因爲粗心大意而發生了 [Th 一件意外事故]}。

c. {[Th (あの) 事故は]不注意から/不注意から [Th 事故が(一 件)]}起つた。

As for English "raising" verbs such as "seem, appear, happen, chance," we will assign the theta-grid "[{Pd, it/Pe, Th}] (24)," yielding sentences (123a') as well as (123a) (23):

---

(24) This theta-grid indicates that sentences like (123a') are directly project-ed from the theta-grid in our analysis, rather than indirectly derived from the underlying sentence such as "[e seems [Pi John to be sick]" by moving the constituent subject "John" into the matrix subject position. Since we are interested more in the "direct" realization of surface sen-tences than in the "proper" derivation of these sentences, this slight deviation of ours from the traditional analysis of raising constructions in the Government-and-Binding Theory may be excusable. Incidentally, verbs like "(non-existential) be; 是 (NP), (是)(AP); だ "and " "; {成

(→)

(123)a. It seems [Pd that John is sick].

  a′. [Th John] seems [Pe e to be sick].

  b. 好像　[Pd 小明病了]。

  b′. 小明好像病了。

  c. [Pd 太郎{が／は} 病氣] らしい。

  c′. [Pd 太郎{が／は} 病氣だ] そうだ。

(x) There are a number of English verbs which are converted from nouns. Thus, denominal verbs such as "bottle (wine), gut (a fish), knife (a person)" have relevant nouns incorporated in their semantic interpretations, as paraphrased in "put (wine) into a bottle, take out the guts of (a fish), stab (a person) with a knife." and are assigned the theta-grids "[Th, Ag], [So, Ag], [Th, Ag]," yielding sentences (a) in (124) through (126):

爲(NP) ／變得 に ／(AP) く} なる, "which may take NPs as well as APs as complements, will be assigned the theta-grid "[At, TL]," with "At" standing for "Attribute" and yielding sentences such as "He {is/became} {a doctor/rich}; 他{是／成爲} 個醫生／{很／變得很} 有錢}; 彼は{醫者／金持ち}{だ／になった}."

㉕Note that the English verb "seem" corresponds to a sentential adverb "好像" in Chinese and an adjectival suffix "らしい" or formal noun "そう(だ)" in Japanese, which are assigned the theta-grids "[__Pd]" and "[Pd__]", respectively, yielding sentences like (123b, c).

(124)a. [_{Ag}He] is bottling [_{Th}the wine].

 b. [_{Ag}他] 正 [_{Th}把葡萄酒] 裝 (入／進) 瓶子裏(面)。

 c. [_{Ag}彼は] [_{Th}葡萄酒を] 瓶(の中)に 詰めている。

(125)a. [_{Ag}She] has already gutted [_{So}the fish].

 b. [_{Ag}她] 已經 {[_{So}從魚裏(面)] 取出 [_{Th}內臟]／取出

  [_{Th}[_{So}魚的] 內臟]} 了。

 c. [_{Ag}彼女は] 既に {[_{So}魚の中から][_{Th}はらわたを]／

  [_{Th}[_{So}魚の] はらわたを]} 取り除いた。

(126)a. [_{Ag}She] knifed [_{Th}him] in a rage.

 b. [_{Ag}她] 在暴怒之下{用刀子刺了 [_{Th}他]／刺了

  [_{Th}他] 一刀}。

 c. [_{Ag}彼女は] 激怒の余り刀で [_{Th}彼を] 刺した。

Note that the English verbs " bottle, gut, knife" correspond to "裝{入／進} 瓶子裏 (面), (從…裏 (面)) 取出內臟, {用刀子／刺…一刀}"in Chinese and "瓶(の中)に詰める, (…(の中) から) はらわたを取り除く, 刀で刺す"in Japanese, each of which is assigned exactly the same theta-grid assigned to the corresponding English verb. Note also that the incorporated nouns " bottle, gut(s), knife" in the English predicate verbs appear overtly as "瓶子, 內臟, 刀子; 瓶, はらわ

た , 刀 " in the corresponding Chinese and Japanese predicate verbs, playing the semantic roles of Goal, Theme and Instrument, respectively.

(xi) In addition to verbs, adjectives can also be used as predicates and assigned proper theta-grids so as to project into sentences. English adjectives " afraid " and " fond, " for example, will be assigned the theta-grids " [({Th/Pd}) Ex] " and " [Th, Ex], " yielding sentences (127a) and (128a). Similarly, Chinese adjectives " 怕; 喜歡 " and Japanese adjectives " 可怕い ; 好き㉖ " are assigned the theta-grids " [({Th/Pd}) Ex]; [{Th/Pd/Pe} Ex] " ; and " [{Th/Pe の } が , Ex は], " respectively, yielding sentences like (127b, c) and (128b, c). Compare:

(127)a. [Ex I] am afraid ({[Th of our teacher] /[Pd that our teacher will punish us]}).

 b. [Ex 我] 很怕({[Th 我們的老師] /[Pd 我們的老師會處罰我們]}) 。

 c. [Ex 私は] {[Th 先生が] /[Pd 先生に叱られるのが]}可怕い 。

(128)a. [Ex I] am fond [Th of { music/singing songs }].

㉖More precisely, while " 可怕い " falls under the traditional category of adjective, " 好き " falls under what we call " adjectival noun. " Moreover, both " 可怕い " and " 好き " are analyzed as " transitive " adjectives which take " Yy は " as external argument or subject, and " Xx が " as internal argument or object, as illustrated in (127b) and (128b).

b. [Ex 我]喜歡{[Th 音樂] ／[Pd 大家一起唱歌] ／[Pe 一起唱歌]}。

c. [Ex 私は]{[Th 音樂が] ／[Pe (皆で) 歌を歌うのが]}好きだ。

Agentive nouns (e. g. " teacher, student, author, editor; 老師，學生，作者，編者；先生，生徒，作家，編集者 " , deverbal action nouns (e. g. " destruction, withdrawal, analysis, description; 摧毀，撤退，分析，描寫；取りこわし，撤退，分析，描寫 ") and locative nouns (e. g. "top, bottom, front, back; 上面，下面，前面，後面；上，下，前，後") may optionally take Theme and Location, respectively, as complements. Thus, these nouns may be assigned the theta-grids "[(Th)]"or "[(Lo)],"yielding such expressions as "the teacher [Th of English]; [Th 英語的] 老師；[Th 英語の] 先生, " "the destruction [Th of the old house]; [Th 舊屋的] 摧毀；[Th 古い家の]取りこわし"and "the top [Lo of the desk]；[Lo 桌子的] 上面;[Lo つくえの] 上."

(xii) In addition to verbs, adjectives and nouns, prepositions (including postpositions in Japanese), adverbial particles and conjunctions are assigned theta-grids which will project into prepositional (or propositional) phrases and subordinate clauses. Locative prepositions and postpositions like "{at/in/on/above/under/below/beside/before/after}...;在...{φ／(的){裏(面)／上(面)／下(面)／旁(邊)／前(面)／後(面)}};{φ／の{中／上／下／橫／前／後}}に," for example, may be assigned the theta-grid " [Lo] "; temporal prepositions and postpositions like " {at/on/in/during/before/after/till}…; {在…{(的時候)／以前／以後}／到…}; {に／中／(以)前／(以)後／迄}," the theta-grid " [Ti] "; instrumental prepositions and postpositions like " {with/by/by means of}…; {用／坐／搭／藉} …; …で," the theta-grid "[In]"; and so on, English adverbial particles (e. g. " up, down, in, out, on, off, over, away") differ from their homophonous prepositions in that while the latter are "transitive"and thus must take NPs as complements, the former are "intransitive prepositions"which cannot take complements and are assigned the theta-grid "[ ]" ㉗. English adverbial particles are generally matched in Chinese with locative and deictic complements (e. g. "{{上／下／進／出／過}{來／去}／開}"), and in Japanese with complement stems in compound verbs (e. g. " {上る／下りる／込む／出す／去る} "). Subordinate conjunctions (e. g. " {when/while/before/after/till/if/unless/because} "); {… {的時候／以前／以後}／{到／如果／除非／因爲}…} ; … {時／間／前／後／迄／V-(r)u と／V-Ta ら／V-(r)e ば／V(a)なければ／V{(r)u ／Ta}から／V{(r)u ／Ta}ので㉘}, on the other hand, differ from pre

---

㉗Or, alternatively, they may be assigned the theta-grid " [φ]. " Certain adverbial particles, however, may take PPs as adjuncts, as illustrated in " John came out from behind the tree. "

㉘For a more detailed discussion of Japanese conjunctions, see Tang (1993).

positions and postpositions in that while the latter take NPs or PPs as complements, the former take clauses (i. e. IPs or TPs) as complements and are assigned theta-grids such as "[Pd, Ti]," "[Pd, Co]"and "[Pd, Ca]", with "Ti," "Co" and "Ca"standing for "temporal clause," "conditional clause"and "causal clause."As for coordinate conjunctions, they may also be analyzed as semantic predicates taking two or more than two arguments that are in principle identical in terms of syntactic category and phrasal status (i. e. word (X), semi-phrase (X′) and phrase (XP)). Thus, we assign coordinate conjunctions the theta-grid "[Xx*]" ㉙, which will yield such coordinate constructions as "John {and/,} Bill and Dick; 小明{和／、}小強或小剛; 太郎{と／,}次郎と三郎," "either to go to the office or to stay at home; 或者去上班或者留在家; 出勤するかそれとも家に殘るか "and "not only pretty but also gentle and intelligent; 不但漂亮而且温柔又賢慧; 只だ綺麗だけではなく優しくて賢い."

(xiii) The positions of adverbs or adverbials that occur with in VPs, IPs (i. e. Ss) or CPs (i. e. S′s) can also be indicated in the form of theta-grid. English "non-*ly* "adverbs (e. g. "before, behind, afterward, inside,

---

㉙The " Xx " represents a variable in terms of both syntactic category and phrasal status, while the superscript star " * " stands for any number that is equal to, or larger than, two.

outside, upstairs, downstairs, around, along, abroad, here, there; hard, early, late, (stay) long, (cut) short, fast, (drive) slow, (run) deep"), for example, may only appear as rightward adjuncts in VPs and are assigned the theta-grid "[V′ __],"while preverbal adverbs (e. g. "hardly, scarcely, simply, merely, just, not, never" ❸) and degree adverbs (e. g. "deeply, badly, entirely (agree), fully (understand); terribly (sorry), perfectly (natural), utterly (wrong)") may only appear as leftward adjuncts in VPs or APs and are assigned the theta-grid "[__ {V′/A′}]."As for "- ℓy "manner adverbs (e. g. " slowly, repidly, carefully, cautiously, diligently, happily, sadly"), which may appear as either rightward or leftward adjuncts in VPs, and sentential adverbs (including style adverbs (e. g. " (to speak) frankly, honestly (speaking)"), viewpoint adverbs (e. g."theoretically, linguistically, technically"), modality adverbs (e. g, "possibly, perhaps, certainly, undoubtedly") and evaluation adverbs (e. g. " surprisingly, regrettably")), which may appear sentence-initially or sentence-finally, are assigned the theta-grids "[__ V′ __]"and "[__ C′__],"respectively ❹.

---

❸We will not discuss here whether the negative " not " should head its own projection.

❹For a much more detailed discussion of English adverbs and adverbials appearing in various X-bar structures, see Tang (1990b).

5. The Projection of Theta-grids and its Constraints

In projecting the contents of theta-grids into surface sentences, we must observe the following principles or conditions:

(i) The Projection Principle requires that the argument structure and thematic property of the predicate verb, adjective and noun project to all the three levels of syntactic representation: D-structure, S-structure and Logical Form (LF). In our approach, however, the only relevant level of syntactic representation is surface structure, and the theta-grids of predicate verbs, adjectives and nouns will project directly into surface sentences ㉜.

(ii) The Theta Criterion requires that each argument be assigned one and only one theta-role, and each theta-role be assigned to one and only one argument. This will guarantee not only that all obligatory arguments are present in sentences, but also that no redundant or illegitimate elements appear in sentences. Optionality of

---

㉜Thus, the Projection Principle may be replaced by or subsumed under the Full Interpretation Principle (FI), which requires that every element of PF and LF must receive an appropriate interpretation or be properly licensed.

certain arguments, on the other hand, is specified as such by the use of parentheses in the theta-grid.

(iii) The Canonical Structure Realization Principle states that each theta-role is mapped on to its canonical syntactic construction. Agent, Experiencer and Benefactive, for example, are typically realized as human or animate NPs; Theme, as concrete or abstract NPs; Quantity, as QP; Goal, Source, Instrument, Location and Time, as PPs; and Proposition, as various types of clauses as specified in theta-grids. Furthermore, the selectional restriction between the adposition and the NP in each theta-role that is realized as a PP is predicated or handled by lexical redundancy rules (e. g. " $P \rightarrow to/\_NP]_{Go}$ ") in unmarked cases and explicitly specified in the theta-grid in marked cases.

(iv) The X-bar Convention defines the well-formedness condition on the hierarchical structure of, and the dominance relation among, constituents of phrasal constructions, as stated in (129); namely, all syntactic constructions are endocentric in structure, binary in branching, and can be recursively generated or licensed if necessary:

(129)a. Specifier Rule :   XP   →   XP, X′

b. Adjunct Rule ： X′ → XP, X′ (recursive)

c. Complement Rule ： X′ → XP, X

Basically, (129a) states that any phrasal category or maximal projection " XP " consists of a " semi-phrasal " or intermediate projection " X′ " and a specifier, which can be of any maximal projection (including null); (129b) states that the intermediate projection " X′ " in turn consists of another intermediate projection " X′ " and an adjunct, which can be of any maximal projection and, furthermore, can be more than one in number since the rule is recursively applicable; and (129c) states that the intermediate projection " X′ " also consists of the head word " X " and a complement " XP " ㉝. " X " represents a variable that ranges over lexical categories such as N(oun), V(erb), A(djective), P(reposition), Ad(verb) and functional categories such as C(omplementizer),

㉝There are several different versions of X-bar convention. Some versions allow XP-adjunction in the phrase structure (i. e. " XP →XP, XP ", as instantiated in Larson's (1988) VP-shell analysis), while others allow functional categories to project to two-bar levels (i. e. " XP ") but prohibit lexical categories from doing so (e. g. Fukui's (1986, 1988) relativized X-bar theory).

I(nflection), D(eterminer) and Q(uantifier) ㉝. For ease of exposition, we will simply assume that, in the surface structure, subject NPs of sentences appear in the specifier position of IPs; object NPs and complement PPs (or NPs) of predicate verbs (or adjectives) occur in the complement and the adjunct positions of VPs ㉟ , respectively; and various adverbials are placed in the adjunct positions of all kinds of XP. Similarly, object NPs, PPs or IPs of adpositions (including prepositions, postpositions and subordinate conjunctions) appear as complements of these adpositions. Within NPs, however, complement PPs and appositional clauses occur as complements of the head noun, while relative

---

㉞ Note that while lexical categories are generally provided with argument structures, functional categories do not seem to have argument structures.

㉟ The VP-internal Subject Hypothesis assumes that the subject NP originates in the specifier position of the VP in D-structure but moves to the specifier position of the IP in S-structure to acquire nominative Case. Larson (1988), on the other hand, proposes that the subject NP, the object NP and the complement PP (or NP) appear in the specifier position of the VP-shell, the specifier position of the VP, and the complement position of the VP, respectively, in D-structure, with subsequent movement of the subject NP to the specifier position of the IP to receive nominative Case and that of the predicate verb to the head position of the VP-shall to assign accusative Case to the object NP.

clauses and other adjectivals appear as adjuncts ㊱.

(v) While the hierarchical structure of the constituents forming various XPs is defined by the X-bar Convention, the linear order of these constituents is determined by the following conditions and parameters:

(130)Case Filter

Phonologically realized NPs must be assigned Case ㊲.

(131)Case-Assignment Parameter

    a. English NPs are assigned accusative Case and oblique Case by transitive verbs and prepositions, respectively, from left to right ㊳.

    b. Chinese NPs are assigned accusative Case and oblique Case by transitive verbs (and adjectives) and prepositions, respectively, from left to right.

    c. Japanese NPs are assigned Case by postpositions from right to left.

㊱For X-bar structure analysis of various phrasal categories in English and Chinese, see Tang (1989b, 1989c, 1990b, 1990c, 1990d, 1994a).

㊲There are also linguists who claim that, in addition to NPs, IPs (i. e. Ss) are assigned Case by complementizers and subordinate conjunctions.

㊳We will assume that subject NPs in English and Chinese are assigned nominative Case under co-indexation with the head I of IP.

⒀Adjacency Condition

No constituent may intervene between the Case-assigner (e. g. transitive verbs, transitive adjectives, prepositions, postpositions) and the Case-assignee (i. e. NPs).

⒀Argument-Placement Parameter ❸

a. English predicate verbs and adjectives place their internal arguments (i. e. objects and complements) and semantic arguments (i. e. adverbials) on their right, and external arguments (i. e. subjects) on their left.

b. Chinese predicate verbs, adjectives and nouns ❹ place their internal arguments on their right, and external and semantic arguments on their left.

c. Japanese predicate verbs and adjectives place all kinds of argument on their left.

---

❸This is a rather stipulative variation of the Head Parameter (i. e. a choice between "Head-Initial" and "Head-Final") or the θ-assignment or θ-marking Directionality Parameter (i. e. choice between "from-Left-to-Right" or "From-Right-to-Left").

❹Certain predicate nouns may occur without predicate verbs in Chinese, as illustrated in "今天星期五," "我臺灣人" and "糖一斤幾塊錢？". These predicate nouns are attributive in nature and do not seem to require Case.

(134)Modifier-Placement Parameter ❹

   a. English non-single-word modifiers of nouns (including " bare-NP " adverbs, prepositional phrases, infinitival phrases, participial phrases, appositional clauses, relative clauses), adjectives and adverbs (e. g. infinitival phrases and comparative phrases) appear to the right of the head noun, adjective and adverb, while single-word modifiers (e. g. determiners, quantifiers ❷, adjectives, adverbs ❸, participles and nouns) appear to the left.

   b. Chinese modifiers of nouns, adjectives and adverbs all appear to the left of the head noun, adjective and adverb ❹.

   c. Japanese modifiers of nouns, adjectives and

---

❹This is again a different version of the Head Parameter.

❷Expressions like " plenty of, lots of, a great many, a good deal of, a large number of " are treated as lexicalized quantifiers, which are equivalent in lexical status to single-word quantifiers like " many, much, half. "

❸Adjectives may be modified by degree adverbs (e. g. " very, so, too, rather ") and quantifiers (e. g. " ten years (old) "). Since degree adverbs (including comparative phrases) and quantifiers are mutually exclusive, they may be generalized into a single category.

❹Descriptive and resultative complements, along with a few degree adverbs (e. g. " … {極了／得很／得不得了} "), however, follow the head adjective.

adverbs all appear to the left of the head noun, adjective and adverb.

The X-bar Convention (129), coupled with the conditions and parameters listed in (130) through (134), will generate or license the hierarchical structure of constituents and the linear order among them, as illustrated in the English, Chinese and Japanese sentences below. Compare:

(135)a. I study linguistics in the university.

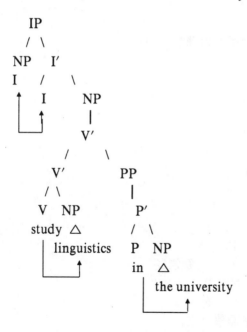

b. 我在大學讀語言學。

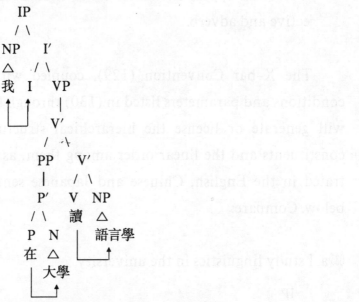

```
          IP
         / \
       NP   I'
       △   / \
       我  I   VP
           └──→│
                V'
               / \
             PP   V'
              │  / \
              P' V  NP
             /\ 讀  △
            P  N   語言學
            在 △
               大學
```

c. 私は大學で言語學を勉強している。

```
              IP
             /  \
           PP    I'
            │   / \
            P'  VP   I
           / \  │  ている
         NP  P  V'
         △  は / \
         私  PP   V'
            │   / \
            P'  PP  V
           /\ / \  勉強し
         NP P NP P
         △ で △ を
         大學 言語學
```

186

In the English sentence (135a), both the object NP " linguistics " and the locative adjunct PP " in the university " appear to the right of the predicate verb " study, " as defined in the Argument-Placement Parameter (133a). Moreover, the NPs " liguistics " and " the university " receive accusative and oblique Case, respectively, from the preceding transitive verb " study " and presposition " in, " while the subject NP " I " receives nominative Case under co-indexation with the inflectional head I, as defined in the Case-Assignment Parameter (131a), thus satisfying the Case Filter (130). Next, in the Chinese sentence (135b) the object NP " 語言學 " appears to the right, and the locative adjunct PP " 在大學 " to the left, of the predicate verb " 讀, " as defined in (133b). Like English NPs, the Chinese NPs " 語言學 " and " 大學 " receive accusative and oblique Case, respectively, from the preceding transitive verb " 讀 " and preposition " 在 ", whereas the subject NP " 我 " receives nominative Case under co-indexation with the inflectional head I, as defined in (131b), thus satisfying (130). Finally, in the Japanese sentence (135c) the subject NP " 私, " the object NP " 言語學 " and the locative adjunct PP " 大學で " all occur to the left of the predicate verb " 勉強する, " as defined in (133c), but unlike English and Chinese NPs, all the Japanese NPs "私,"" 大學 "and " 言語學 " receive Case from the following topic-marker postposition " は , " locative postposition " で " and object-marker postposition " を , " respectively, as defined in (131c), thus satisfying (130). As Cases in Japanese are assigned by postpositions and have nothing to do with predicate verbs, " scrambling " of arguments is freely permitted in Japanese. In English and Chinese, by contrast, the word order is rather rigidly fixed. Compare:

(136)a. He studied English diligently at the library yesterday ⑮.

   b. Yesterday he studied English diligently at the li brary.

   c. Yesterday at the library he studied English diligently.

(137)a. 他　昨天⑮　在圖書館裏　認真地　讀書。

---

⑮ " Yesterday, " " 昨天 " and " 昨日 " are adverbs in nature and do not seem to require Case.

⑯The " に " following the adjectival noun " 熱心に " may be analyzed either as an adverbial suffix or as a postposition functioning like the English preposition " in " in such expressions as " in earnest " and " in peace. "

b. 昨天　他　在圖書館裏　認真地　讀書。

c. 昨天　在圖書館裏　他　認真地　讀書。

(138)a. 彼は　昨日㊺　圖書館で　英語を　熱心に　勉強した。

b. 昨日　彼は　圖書館で　英語を　熱心に　勉強した。

c. 昨日　圖書館で　彼は　英語を　熱心に　勉強した。

d. 昨日　圖書館で　彼は　熱心に　英語を　勉強した。

e. 彼は　圖書館で　昨日　熱心に　英語を　勉強した。

f. 彼は　昨日　英語を　圖書館で　熱心に　勉強した。

While English and Chinese allow only temporal and locative adverbials to occur sentence-initially as thematic adverbials, as exemplified in (136) and (137), all the phrasal constructions (i. e. "彼は," "昨日," "圖書館で," "熱心に"㊻, "英語を") in the Japanese sentence (138) can be freely scrambled and appear in different word orders.

(vi) We have shown how the theta-grids of predicate verbs and adjectives can be projected into surface sentences without recourse to movement transformations. There are certain language-specific changes in word order, however, that must be handled by the rule of "Move α." English has, for example, Auxiliary Preposing, which moves an auxiliary verb occurring in the head position of VP or IP to the head position of CP ((139a)); WH-Fronting, which moves a wh-phrase in a direct or indirect question to the specifier position of CP ((139b)); Extraposition from NP, which moves an appositional or relative clause and adjoins it to the right periphery of VP ((139c)); Heavy NP Shift, which moves a clausal object and adjoins it to the right periphery of VP ((139d)); and Topicalization, which moves a topicalized phrase to the specifier position of CP ((139e)):

(139)a. [CP [IP John [I will] do it]]. →

[CP [C Will] [IP John t do it]]?

b. [CP I don't know [CP John will do what]]. →

[CP I don't know [CP what [IP John will do t]]].

c. [CP [NP The rumor [CP that Mary has eloped with John]] is going about in the village]]. →

[CP [NP The rumor t] is [VP [VP going about in the village] that Mary has eloped with John]].

d. [CP You can [VP say [CP exactly what you think] to him]]. →

[CP You can [VP [VP say t to him] exactly what you think]].

e. [CP [IP I am not fond of [NP his face]]; [CP [IP I despise

[NP his character]]].→

[CP [NP His face] [IP I am not fond of t]]; [CP [NP his character] [IP I despise t]].

Chinese, on the other hand, has Object Preposing, which moves the object NP to the left of a transtive verb or adjective and assigns it oblique Case with the preposition " 把 " ((140a)) or " 對 " ((140b)), and Topicalization, which moves a topicalized phrase and adjoins it to IP ((140c)):

(140)a. [CP 我 [VP 要 [VP 看完 [NP 書]]].→

[CP 我 [VP 要 [VP [PP 把書] 看完 t]]。

b. [CP 你 [VP 很了解 [NP 他]]]。→

[CP 你 [VP [PP 對他] [VP 很了解 t]]。

c. [CP 我不喜歡 [NP 他的面孔]]], [CP [IP 我瞧不起 [NP 他的爲人]]]→

[CP [IP [NP 他的面孔], [IP 我不喜歡 t]]],

[CP [IP [NP 他的爲人], [IP 我瞧不起 t]]]。

As for Japanese, almost all word-order changes can be accounted for by the rule of " scrambling, " as discussed in (138).

All the movements illustrated above obey such constraints and conditions as the Structure-Preserving

Principle, the Subjacency Condition and the Empty Category Principle, as required by the Principles-and-Parameters Appoach.

6. Conclusion: Implications for Contrastive Analysis, Language Typology and Machine Translation

Since not only argument structure and thematic properties but also syntactic idiosyncracies of predicate verbs and adjectives are explicitly and economically specified in the form of theta-grids, and are projected into surface sentences in quite a straightforward manner, our approach facilitates comparison between individual languages not only in terms of lexical entries, but also in terms of surface word order. Corresponding " verbs of trading " in English, Chinese and Japanese, for example, can be compared with regard to their theta-grids and surface realizations, as illustrated in (141) through (145):

(141)a. " spend " : vt. [Qc (on Th) Ag]

[[Ag/NP John] spent [Qc/NP fifty dollars] ([Th/PP on the book])].

b. "花(費)": vt. [Qc (爲了Th) Ag]

[[Ag/NP 小明] ([Th/PP 爲了這本書) 花了 [Qc/NP 五十塊錢]]。

c. "使う": vt. <Qc (Th (のため)に) Ag>

[[Ag/PP 太郎は], ([Th/PP この本の(ため)に]) [Qc/NP 五十圓] ❹ 使
った].

(142)a. "pay": vt. [<Qc (Go)> (for Th) {Ag, So}]

[[Ag/NP John] paid {[Qc/NP fifty dollars] ([Go/PP to Mary]/
[[Go/NP Mary] [Qc/NP fifty dollars]} ([Th/PP for the
book])].

b. "付": vt. [<Qc (Go)> (爲了Th) {Ag, So}]

[[Ag/Np 小明] ([Th/PP (爲了這本書)]   付了   {[Qc/NP 五十塊錢]
Pj([Go/PP 給小華])/[Go/NP 小華] [Qc/NP 五十塊錢 }]。

c. "拂う": vt. <Qc (Th (のため)に) (Go) {Ag, So}>

[[Ag/PP 太郎は] ([Th/PP この本のために]) ([Go/NP 花子に]) [Qc/NP 五
十圓] 拂った].

(143)a. "buy": vt. [Th (So) (Qc) {Ag, So}]

[[Ag/NP John] bought ([Th/NP the book] ([So/PP from
Mary]) ([Qc/PP for fifty dollars])].

b. "買": vt. [Th (以Qc) (So) {Ag, Go}]

---

❹Note that while an object NP requires the presence of " を " (e. g. " た
くさんお金を使う "), a quantifier phrase " 五十圓 " dispenses with it.

[[_Ag/NP_ 小明] ([_Qc/PP_ 以五十塊錢]) ([_So/PP_ 從小華]) 買了[_Th/NP_ 這本書]]。

c. "買う": vt. <Th (Qc) (So) {Ag, Go}>

[[_Ag/PP_ 太郎が] ([_Qc/PP_ 五十圓で]) ([_So/PP_ 花子から]) [_Th/PP_ この本を] 買った]。

(144)a. "sell": vt. [<Th (Go)> (Qc) {Ag, So}]

[[_Ag/NP_ Mary] sold {[_Th/NP_ the book] ([_Go/PP_ to John])/
[_Go/NP_ John] [_Th/NP_ the book]} ([_Qc/PP_ for fifty dollars])].

b. "賣": vt. [Th (Go) (以Qc) {Ag, So}]

[[_Ag/NP_ 小華] ([_Qc/PP_ 以五十塊錢]) 賣了[_Th/PP_ 這本書] ([_Go/PP_ 給小華])]。

c. "賣る": vt. <Th (Qc) (Go) {Ag, So}>

[[_Ag/PP_ 花子が] ([_Qc/PP_ 五十圓で]) ([_Go/PP_ 太郎に]) [_Th/PP_ この本を] 賣った]。

(145)a. "cost": vt. [(So) Qc, Th]

[[_Ag/NP_ The book] cost ([_So/NP_ Mary]) [_Qc/NP_ fifty dollars]].

b. "花": vt. [(So) Qc, Th]

[[_Th/NP_ 這本書] 花了([_So/NP_ 小華]) [_Qc/NP_ 五十塊錢]]。

---

❹Note that parentheses, rather than angle brackets, are used for this intransitive verb, indicating that no permutation in the surface word order is permitted between the two arguments specified in the theta-grid.

 c. "かかる": vi. [Qc, Th] ㊾

  [[Th/PP この本は] [Th/NP 五十圓] かかつた]。

Likewise, "itransitive" verbs ((146) through (150)), verbs with Locative as "transposed" subject ((151)), "unaccusative" verbs ((152)), "ergative" verbs ((153)), "meteorological" verbs ((154)), "raising" verbs ((155)) and "control" verbs ((156) through (158)) can be compared in a similar fashion, as illustrated below:

(146)a. "forgive": vt. [Be (<u>Th</u>) Ag]

  [Please forgive [Be/NP us] ([Th/NP our trespasses])].

 b. "原諒": vt. [Be (的Th) Ag]

  [請原諒 [Be/NP 我們 (的[Th/NP 罪過])]]。

 c. "許す": vt. <Beの Th, Ag>

  [なにとぞ [PP[NP[Be/PP 私達の] [Th/NP 罪]] を] 許したまえ]。

(147)a. "envy": vt. [Be (<u>Ca</u>) Ex]

  [[Ex/NP John] envied [Be/NP Bill] ([Ca/NP his good luck])].

 b. "嫉妒": vt. [Be (的Ca) Ex]

  [[Ex/NP 小明] {嫉妒 [Be/NP 小強(的[Ca/NP 好運氣])]/ [Ca/PP 因爲小

  強的運氣好] 而嫉妒 [Be/NP 他]}]。

 c. "羨む, 妒む": vt. <Be (のCa), Ex>

[[Ex/PP 太郎は] [PP [Be/NP 次郎(の[Ca/NP 幸運])] を] 羨んだ]。

(148)a. "give": vt. [<Th, Go> {Ag, So}]

[[Ag/NP John] gave {[Th/NP a present] [Go/PP to Mary] / [Go/NP Mary] [Th/NP a present]}].

b. "給": vt. [Go, Th {Ag, So}]

[[Ag/NP 小明] 給了[Go/NP 小華] [Th/NP 一件禮物]]。㊾

c. "上げる": vt. <Th, Go {Ag, So}>

[[Ag/PP 太郎が] [Go/PP 花子に] [Th/PP プレゼントを] 上げた㊿]。

(149)a. "send": vt. [<Th, Go> {Ag, So}]

[[Ag/NP John] will send {[Th/NP some cookies] [Go/PP to Mary] / [Go/NP Mary] [Th/NP some cookies]}].

b. "送": vt. [<Th, (給) Go> {Ag, So}]

㊾ For speakers who accept "小明給了一件禮物給小華" as well-formed, the theta-grid will be "[<Th, Go> {Ag, So}]."

㊿ Japanese ditransitive verbs have a rather complicated system of deixis, which can also be incorporated in the theta-grid (e. g. "上げる (vt. <Th, Go {Ag, So} <-I>), 差し上げる (vt. <Th, Go {Ag, So} <-I, +H>>), くれる (vt. <Th, Go <+I> {Ag, So} <-H>>), 下さる (vt. <Th, Go <+I> {Ag, So} <+H>>), 貰う (vt. <Th, So <-I, -H>, {Ag, So}), いただく (vt. <Th, So <-I, +H>, {Ag, Go}>), やる (vt. <Th, Go <-I, -H>, {Ag, So}), くれてやる (vt. <Th, Go <+I, -H>, {Ag, Go}>), where "+I," "-I," "+H," "-H" stand for "first-person," "non-first-person (i. e. second and third persons)," "honorific (or superior)" and "non-honorific (or inferior)," respectively. For a more detailed discussion of Japanese deixis, see Tang (1993).

[[Ag/NP 小明] 會送{[Th/NP 一些餅乾] [Go/PP 給小華] / [Go/PP/NP (給)小華] [Th/NP 一些餅乾]}]。

c. "送る": vt. <Th, Go {Ag, So}>

[[Ag/PP 太郎が] [Go/PP 花子に] [Th/PP ビスケットを] 送った]。

(150)a. "introduce": vt. <Th, Go {Ag, So}>

[[Ag/NP John] introduced [Th/NP Mary] [Go/PP to Bill]].

b. "介紹": vt. [Th, Go, Ag]

[[Ag/NP 小明] 介紹[Th/NP 小華] [Go/PP 給小剛]]。

c. "紹介する": vt. <Th, Go, Ag>

[[Ag/PP 太郎が] [Go/PP 次郎に] [Th/PP 花子を] 紹介した]。

(151)a. "swarm": vi. [<(with) Th, Lo>]

[[Lo/NP The garden] is swarming [Th/PP with bees]];

[[Th/NP Bees] are swarming [Lo/PP in the garden]].

b. "充満": vt. [Th, Lo]

[[Lo/NP 院子裏] 充満了[Th/NP 蜜蜂]]。

c. "群がる": vi. <Lo, Th>

[[Th/PP 蜂が] [Lo/PP 庭に] 群がっている]。

(152)a. "arrive": v. ㊿ [Th (there)]

[[Th/NP A guest] arrived yesterday];

[[There] arrived [Th/NP a guest] yesterday].

b. "到, 來" : v. [(有) Th (Φ)]

[[Th/NP 有一位客人] 昨天{到／來} 了] ; [昨天{到／來} 了

[Th/NP 一位客人]]。

c. "著く, 到著する" ; vi. <Th>

[昨日 [Th/PP お客さんが] 一人{著いた／到著した}]。

(153)a. "open" : v(t). ❷ [Th (Ag)]

[[Ag/NP John] opened [Th/NP the door]];

[[Th/NP The door] opened (automatically)].

b. "（打)開" : v(t). [Th (Ag)]

[[Ag/NP 小明] 打開了 [Th/NP 門]] ; [[Th/NP 門] (自動地) 打開了]。

c. "開く" : v(t), <Th (Ag)>

[[Ag/PP 太郎が] [Th/PP 戶を] 開いた] ; [[Th/PP 戶が] (自動的に) 開い

た]。

(154)a. "rain" : vi. [it]

[[It] is still raining].

b. "下" : v. [雨 ((Φ)]

[[雨] 還在下] ; [還在下 [雨]]。

c. "降る" : vi. <雨>

---

❺ " v. " stands for an unaccusative verb which is capable of assigning partitive Case to the indefinite NP that follows it.

❷ " v(t). " stands for an ergative verb which can be used as an " nchoative intransitive " verb as well as a " causative transitive " verb.

[[雨は] まだ降っている]。

(155)a. " happen ": vi. [{Pd, it/Pe }Th}]

[[It] happened [Pd/CP that she was at home]];

[[Th/NP She] happened [Pe/CP PRO to be at home]].

b. "湊巧": ad. [__C′]

[CP{湊巧 [Th/NP 她]/[Th/NP 她] 湊巧} 在家]。

c. "偶然": ad. [__C′]

[CP{偶然[Th/PP 彼女は]/[Th/PP 彼女は] 偶然} 家に居た]。

(156)a. " remember ": vt. [{Pe, Ag/{Pe/Pg/Pd} Ex}]

[[Remember [Pe/CP PRO to turn off the light]];

[[Ex/NP I remember {[Pe/CP PRO seeing him once]/1.....

[Pg/IP him saying that]/[Pd/CP you went to school with

him }}].

b. " 記得(要) ": vt. [{Pe {Ag/Ex}/Pd, Ex}]

[記得[Pe/CP PRO 要關燈]];

[[Ex/NP 我] 記得 [Pe/CP PRO 見過他一次]];

[[Ex/NP 我] 記得 [Pd/CP { 他説過那樣的話/你跟我一起上過

學}]]。

c. " 忘れずに…する, 記憶している ": vt. <{Pe, Ag/{Pe/Pd} と,

Ex}>

[忘れずに [Pe/CP PRO 電燈を消しなさい]];

[[Ex/PP 私は] [PP[Pe/CP PRO彼に一度曾つた] と] 記憶している];

199

[[Ex/PP 私は] [PP [Pd/CP { 彼がそんなことを言つた/君が彼と一緒に學校に行つた}] と] 記憶している]。

(157)a. " warn ": vt. [Go, Pe, Ag]

[[Ag/NP He] warned [Go/NP me] [Pe/CP not to see his daughter any more]].

b. " 警告 ": vt. [Go, Pe, Ag]

[[Ag/NP 他] { 警告[Go/NP 我]/ [Go/PP 向我] 警告} [Pe/CP PRO 不要再見他女兒]]。

c. " 警告する ": vt. <Go, Peと, Ag>

[[Ag/PP 彼は] [Go/PP 私に] [PP [Pe/CP PRO 彼の娘に會うな] と] 警告した]。

(158)a. " promise ": vt. [Go, Pe, Ag]

[[Ag/NP She] promised [Go/NP me] [Pe/CP PRO to buy me a new bicycle]].

b. " 答應 ": vt. [Go, Pe, Ag]

[[Ag/NP 他] 答應[Go/NP 我] [Pe/CP PRO 買一輛新腳踏車給我]]。

c. " 約束する ": vt. <Go, Peと, Ag>

[[Ag/PP 彼女は] [Go/PP 私に] [PP [Pe/CP PRO 新しい自轉車を買つてくれる] と] 約束した]。

The above examples further illustrate how the argument structure of a predicate verb can be specified in the form of a theta-grid according to how many arguments the predicate verb licenses and what semantic role (i. e. theta-role) each argument receives. The association between assigned theta-roles that represent the " s(emantic)-selection " property of the predicate verb and syntactic categories that these semantic roles turn into in surface sentences is to a large extent predictable by the " Canonical Structure Realization " or " c(ategorial)-selection " tendency of theta-roles. Though the association between assigned theta-roles and argument positions (i. e. internal argument, external argument or semantic argument) is also to a certain extent predicatable (e. g. in an active sentence, Agent always becomes subject), we place the theta-role that represents the internal argument (i. e. object or complement) at the left periphery of the theta-grid, and the theta-role that represents the external argument (i. e. subject), at the right periphery of the theta-grid. We also specify the subcategorial feature of predicate verbs (e. g. " vi., " " vt., " " v(t)., " " v. ") to account for the difference in their Case-assigning capacity. Whatever idiosyncratic properties, lexical or syntactic, may exist with regard to particular predicate verbs, they are also specified in their theta-grids. Thus, the lexical entries of

corresponding verbs between different languages can be
explicitly and economically compared in terms of the
number of arguments they license, types of theta-role
assigned to these arguments, syntactic categories and
grammatical relations these arguments are associated
with, along with such idiosyncratic syntactic features
as inherent Case-marking of complements, marked
choice of adpositions, and permutability between com-
plements, between adjuncts or between a complement
and an adjunct. Our analysis shows that among the
contents of the theta-grid, the argument structure,
thematic property, and selection of internal and exter-
nal arguments with regard to the corresponding
predicate verbs between different languages are essen-
tially the same, and that what may differ from each
other is the subcategorization feature (and the resultant
difference in Case-assigning capacity) and certain idio-
syncratic syntactic features mentioned above. The
mapping of theta-grids to D-structures and/or S-struc-
tures is also quite simple and straightforward. The X-
bar Convention, replacing phrase structure rules, or
rather serving as well-formedness conditions on various
syntactic constructions including sentences, will provide
us with appropriate hierarchical structures, into which

various arguments specified in theta-grids plus those introduced by lexical redundancy rules can be inserted. We can look upon our structural tree projected from the theta-grid of a predicate verb or adjective as a kind of Christmas tree which has an "endocentric" trunk and "binary" branches, and all sorts of arguments available serve as Christmas decorations to be hung on their proper positions in the tree according to the instructions given in the theta-grid. The linear order of the arguments, on the other hand, is largely an issue of parametric settings which include parameters of Case-assignment and argument-placement (or theta-marking) directionality ⑤. In generating or licensing surface sentences, moreover, principles of universal grammar such as the X-bar Convention, the Projection Principle, the Full Interpretation Principle, the Theta Criterion, the Case Filter, the Adjacency Condition and the Economy Principle (i. e. movement as "the last resort" and under

---

⑤Note that we have placed the internal and external arguments at the left-periphery and right-periphery of the theta-grid, respectively, and also indicated the permutability of arguments by enclosing them in angle brackets, which provides further information for the linearity of the argu ments involved.

" the least effort ") ⑭, must be strictly must be strictly observed across languages. Thus, while language-particular distinctions are chiefly accounted for by fixing the values of relevant parameters ⑮, cross-linguistic similarities follow from sharing the same principles of universal grammar.

At a more abstract and general level, language typology can also be discussed in terms of universal principles and parameters. The distinction between the so-called " SVO language, " " SOV language " and " VSO language, " for example, can be ascribed to the difference in Case-assignment and theta-marking directionality as well as the relative positioning of the inflection " I " and its complement VP. Consider English, a typical SVO language, in which the complement VP appears to the right of the inflection head, and the subject NP originates in the specifier position of the VP but raises to the specifier position of the immediately dominating IP so as to acquire nominative Case, while

---

⑭For other principles and conditions of universal grammar, see Tang (1989d, 1990a, 1991a, 1992d, 1994a).

⑮The periphery of a particular grammar, which is responsible for marked constructions in each language, also contributes to language-particular idiosyncracies.

the object NP appears to the right of the transitive verb
to receive accusative Case, yielding an SVO sentence, as
illustrated in (159):

(159)

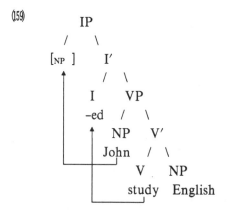

Next, in Chinese, which is also an SVO language with
an SOV variant, the complement VP also appears to the
right of the inflection head with the subject NP raising
from [Spec, VP] to [Spec, IP], and the object NP
appearing to the right of the transitive verb, so as to
acquire nominative and accusative Case, respectively,
yielding an SVO sentence (160a) or, alternatively, the
object NP adjoins to the periphery of the immediately
dominating IP, yielding an OSV sentence (160b), with
subsequent adjunction of the subject NP to a newlycre
ated IP, yielding an SOV sentence (160c) ⑯ :

---

⑯The object NP introduced by the preposition " 把 " and receiving
oblique Case from it may also appear between the subject NP and the
predicate verb, as illustrated in " 小明把英語讀完了，" which also
manifests the apparent SOV order.

(160) a.

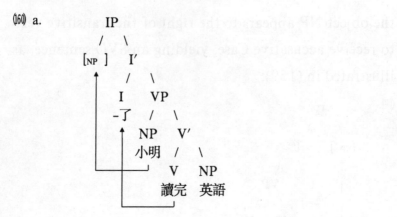

```
            IP
           /  \
        [NP]   I′
              /  \
            I    VP
           -了  /  \
              NP   V′
             小明  /  \
                  V    NP
                讀完   英語
```

b.
```
            IP
           /  \
        NP     IP
       英語ₖ  /  \
            NP    I′
           小明ᵢ /  \
               I    VP
              / \  /  \
             V   I NP   V′
           讀完ⱼ 了 tᵢ  / \
                      V   NP
                     tⱼ   tₖ
```

c.
```
                IP
               /  \
            NP     IP
          小明ᵢ    /  \
               NP      IP
             英語ₖ    /  \
                   NP      I'
                  t'ᵢ    /  \
                       I      VP
                      / \    /  \
                     V   I  NP   V'
                  讀完ⱼ了  tᵢ  /  \
                             V    NP
                            tⱼ    tₖ
```

Finally, in Japanese, which is a typical SOV language, the complement VP appears to the left, rather than the right, of the inflectional head, and the head verb appears to the right, rather than the left, of its complement and specifier. Since all NPs, including the subject NP, receive Case from postpositions that follow them, no movement seems to be necessary for reasons of Case-assignment, yielding an SOV sentence (161a) or, alternatively, by adjoining the object NP to the IP, yielding an OSV sentence like (161b):

---

⑤⑦We are by no means sure that the subject NP " 太郎が " should be raised to [Spec, IP], since there seems to be no " self-serving " purpose for such movement at S-structure. The movement may be necessary, however, at LF to check Spec-Head Agreement.

(161) a.

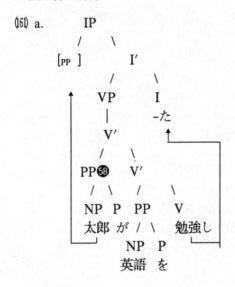

b.

```
            IP
           /  \
        PPk      IP
      /  \      /  \
    NP  P    PPi    I'
   英語 を   /  \   /  \
         NP  P  VP    I
        太郎 が /  \      \
              PP  V'  Vj    I
              ti  /  \ 勉強した た
                 PP  V
                 tk  tj
```

Furthermore, Chomsky and Lasnik (1991:35) point out that if the verb in a tree structure like (162a) raises to the head position of IP and the subject NP remains in the specifier position of VP, then we have an instantiation (162b) of a VSO language ❺：

208

(162) a.

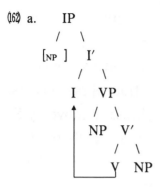

a.

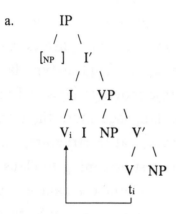

Next, let us examine the cross-linguistic variation in WH-Fronting, an application of the rule Move α (or more generally, Affect α). English differs from Chinese and Japanese in that it moves the wh-phrase or question-phrase to the periphery of the proposition (more precisely, to [Spec, CP] in the case of English) at

---

[59]Chomsky and Lasnik (1991:35) propose that while V raises to I at S-structure, its subject raises to [Spec, IP] only at LF.

S-structure, while the latter do so only at LF ㉞ ; (perhaps, by adjunction to IP) to indicate the scope of the question-phrase. In the case of a multiple wh-question, in which more than one question-phrase occurs, English allows only one question-phrase to move by S-structure while the others remain "in-situ"at S-structure and move to clause-peripheral position at LF. Thus, languages may differ in (i) whether they allow overt or visible movement of question-phrases at S-structure, and (ii) if they do , how many question-phrases may move and where they move. In an English-type language, only one question-phrase moves to [Spec, CP] at S-structure; in a Polish-type language more than one question-phrases can be moved at S-structure, one moving to [Spec, CP] and the rest adjoining to clause-peripheral position ㉠; and in a Chinese/Japanese-type language, all question-phrases remain in-situ at S-structure. All languages, however, move the question-phrases in-situ to clause-peripheral position at LF ㉡to indicate their scope. Interestingly enough, this typological dis-

---

㉞In fact, Chinese and Japanese do allow optional movement of question-phrases at S-structure, as illustrated in " ｛誰／那一種人｝你最能信賴？"and " ｛誰を貴方は信頼しています／何んな人間が貴方は一番信頼できます｝か？."

㉠Note that across-the-board movement of a coordinate construction containing more than one question-phrases is possible with English, as illustrated in "When, where and how did John study?. "

㉡See Huang (1982) and much subsequent work.

tinction between overt (English and German) and covert (Chinese and Japanese) movements of question-phrases at S-structure seems to be closely related to another typological difference in the position and function of the head (i. e. the complementizer C) of CP, which in turn seems to be related to the typological distinction between the presence and absence of final particles as well as Auxiliary Preposing. In English and German, C appears to the left of its IP complement and may be occupied by a complementizer (e. g. "that, whether, for" in English) or serve as a landing site for an auxiliary to move in; in Chinese and Japanese, on the other hand, C seems to appear to the right of its IP complement and may be occupied by final particles (including the relative clause or modification marker "的," as illustrated in (163), (164) and (165):

(163)a. [cp [c -Q -WH] [ip I know [cp [c that (-Q, -WH)] [IP John will come]]]].

b. [cp [c -Q -WH] [ip I don't know [cp [c whetherv (+Q, -WH)] [IP John will come]]]].

c. [cp [c -Q -WH] [ip This IS [NP the book [cp Op ⑫

---

⑫ " Op " stands for the null operator or empty relative pronoun, the movement of which leaves a trace " t " behind in the relative clause.

[_cthat (-Q, +WH)] [_{IP} I bought t yesterday]]]]]!

d. [_{CP}[_c Will (+Q, -WH)] [_{IP} John [_I t] come]]?

(164)a. [_{CP}[_{IP} 我是知道[_{CP}[_{IP} 小明會來] [_c-(Q, -WH)]]
[_c的(-Q, -WH)]]]。

b. [_{CP}[_{IP} 我不知道[_{CP}[_{IP} 小明會不會來] [_c(+Q, -WH)]]]]]。

c. [_{CP}[_{IP} 這是[_{NP}[_{CP}Op [_{IP} 我昨天買 t] [_c的(-Q, +WH)]] 書]
[_c呢]]]!

d. [_{CP}[_{IP} 小明會來] [_c 嗎(+Q, -WH)]] ?

(165)a. [_{CP}[_{PP}[_{NP}[_{CP}[_{IP} (私は)太郎が来る] [_c-WH]] こと] は] 知つ
ている] [C さ(-Q, -WH)]]。

b. [_{CP}[_{PP}[cp [_{IP} (私は)太郎が来るか{来ない／どう}か] [_c(+Q, -
WH)] は] 知らない] [C ぜ(-Q, -WH)]]。

c. [_{CP}[_{IP} これは[_{NP}[_{CP}Op [_{IP} 私が昨日 t 買つた] [_c(-Q, +WH)]]
本] だ] [_cよ(-Q, -WH)]]。

d. [_{CP}[_{IP} 太郎は来ます] [_c か(+Q, -WH)]] ?

The complementizer position is specified with the features " ± Q " or ' " WH. " In an English-type language, in which C precedes IP, the C containing the features " -Q, -WH " will be filled in by the declarative complementizer " that " (as in (163a)) or " for " [63],

[63] As in " I want very much for John to come. "

depending on whether the following IP is a finite or non-finite (i. e. infinitval) clause; the C containing the features " +Q, -WH, " on the other hand, will be filled in by the interrogative complementizer " whether " (as in 163b)) or " if " ⑭, or when left empty, serves as a landing site for an auxiliary to move in (as in (163d)); and the C with the feature specification " +Q, +WH " will trigger an overt movement of the question-phrase occurring in the complement IP into [Spec, CP]; and the C with the feature specification " -Q, +WH " or " -Q, - WH, " and dominated by both CP and NP, will introduce a relative clause (as in (163c)) or an appositional clause containing the complementizer " that " ⑮. In a Chinese/Japanese-type language, in which C follows rather than precedes IP, the C will be filled in by various types of final particles that indicate the mood or illocutionary force of the speaker. Thus, the C containing the feature " -Q, -WH " is filled in by declarative particles such as " 哩, 的, 呢; ぜ, ぞ (male-speaker-ori-

---

⑭The interrogative complementizer " whether " may introduce either finite or non-finite clauses (e. g. " I don't know whether { I should go/to go} (or not) "), while " if " may only introduce finite clauses (e. g. " I don't know if {I should go/*to go} (or not) ").

⑮As in " the rumor that Mary has eloped with John. "

ented), わ(female-speaker-oriented), よ(speaker-oriented), ね(addressee-oriented) "; the C containing the features " +Q " and " ±WH, " by interrogative particles such as "嗎(yes-no question; +Q, -WH), 呢(choice-type question and wh-question; +Q, +WH); か "; and the C containing " -Q, " but neither " -WH " nor " +WH, " by other particles such as " 吧(conjectural or optative); な (conjectural or optative), さ (certainty) " if it occurs in a root sentence; and by the subordinate marker " 的; の, Φ " ⑯ if it is dominated by both CP and NP.

In English-type languages, the presence of the feature " +WH " under C not only indicates the semantic type of the following IP (i. e. question or Pq) and selects the proper complementizer in concert with the tense feature specification under I(nflection) (or under T(ense), if there is an independent motivation for the existence of TP), but also serves as a kind of " force indicator " which attracts the question-phrase to [Spec,

---

⑯While the Chinese " 的 " introduces relative and appositional clauses and functions as a subordinate or modification marker, the Japanese " の "serves as a nominalizer, as in " 僕は [PP[CP[IP學校へ行く][Cの]] が]嫌になつた. "Japanese clauses can also be nominalized by taking so-called " formal nouns " (e. g. " こと, もの, ところ, とき "), as in " 僕は [PP[CP[IP學校へ行く][Cこと]]が]嫌になつた. "As for Japanese relative clauses, no relative or subordinate marker is needed.

CP]. Moreover, when the C containing the features " +WH " occurs in a root sentence, it will also serve as a landing site for a modal or aspectual auxiliary to move in, yielding a direct question. In Chinese/Japanese-type languages, the feature specification under C also indicates the semantic type of the preceding IP and licenses the insertion of proper final particles which are in accord with the semantic type of the preceding IP. In the case of the feature specification " +Q, +WH " and, moreover, if the I is also specified as " +Q, " it will trigger a " V-not-V " question, as illustrated in the Chinese sentence (164b) ⑰ and the Japanese sentence (165b). As the specifier and the head positions of CP in Chinese and Japanese are separated by the intervening IP, the sentence-final C containing the feature " +WH " neither attracts a question-phrase to [Spec, CP] nor serves as a landing site for a modal or aspectual verb to move in from the constituent I position, which seems to account for the non-occurrence of from-right-to-left WH-Fronting and Auxiliary Preposing inChinese and Japanese surface sentences 均. The raising of a

---

⑰For detailed discussions of Chinese " V-not-V " questions, see Huang (1991) and Guo (1992).

⑱For a somewhat different proposal to account for the occurrence and non-occurrence of overt WH-Fronting at S-structure, see Cheng (1991).

final particle from the constituent C position to the matrix C position, however, can happen when an interrogative particle which originates in the constituent sentence raises to the matrix sentence to receive "wide-scope" interpretation. Thus, Chinese verbs such as "認爲，以爲，猜" may take questions or interrogative clauses as their complements only when these questions receive wide-scope interpretation; that is, the entire sentence is interpreted as a question. In this case, interrogative particles (e. g. 嗎, 呢) originate in the constituent C position (and even trigger V-not-V question, as illustrated in (166b)) but raise to the matrix C position, as illustrated below:

(166)a. [$_{CP}$ [$_{IP}$ 你認爲 [$_{CP}$ [$_{IP}$ 他會来] [$_{C}$ 嗎]]] [$_{C}$ +(Q, -WH)]] ?

→[$_{CP}$ [$_{IP}$ 你認爲 [$_{CP}$ [$_{IP}$ 他會來] [$_{C}$ t]]] [$_{C}$ 嗎]] ?

b. [$_{CP}$ [$_{IP}$ 你以爲 [$_{CP}$ [$_{IP}$ 他會不會來] [$_{C}$ 呢]]] [$_{C}$ +(Q +WH)]] ?

→[$_{CP}$ [$_{IP}$ 你以爲 [$_{CP}$ [$_{IP}$ 他會不會來] [$_{C}$ t]]] [$_{C}$ 呢]] ?

c. [$_{CP}$ [$_{IP}$ 你猜 [$_{CP}$ [$_{IP}$ 誰會來] [$_{C}$ 呢]]] [$_{C}$ +(Q +WH)]] ?

→[$_{CP}$ [$_{IP}$ 你猜 [$_{CP}$ [$_{IP}$ 誰會來] [$_{C}$ t]]] [$_{C}$ 呢]] ?

Languages can also be compared in terms of the Head-Initial versus Head-Final Parameter (or, alternatively, the Theta-Marking or Theta-Assignment Para meter, the Case-Assignment Parameter and/or the Argument-Placement Parameter ⑩), which accounts for, among other things, the " mirror-image " phenomenon in the linear order of constituents between English and Chinese.

(167)a. John [vp [[[[studied English] diligently] at the library] yesterday]].

b. 小明 [vp昨天 [在圖書館 [認真地 [讀書]]]]。

The contrast between (167a) and (167b) clearly shows that, with regard to the head verb and its adverbial modifiers, English is head-initial and left-branching while Chinese is head-final and right-branching. If the linear order of modifiers is, in general, determined by semantic proximity between the head and its modifiers (i. e. modifiers which are semantically closer to the head appear locationally nearer to it as well), then the reverse order of adverbial modifiers manifested in the head-initial English and the head-final Chinese is a natural

---

⑩We will not discuss here which parameter is the least stipulative or whether these parameters can be unified into one.

consequence ⑩. A corollary of this is, when thesediffer ent types of adverbials appear together in the form of a question-phrase in a coordinate construction and move to the sentence-initial position as a result of WH- Fronting, the linear order of the adverbials will be the same for English and Chinese, since in this case the question-adverbials precede the head verb ⑪ in both languages, manifesting a surface " head-final " configuration. Compare:

(168)a. When, where and how did John study English?

　　b. 小明什麼時候、在什麼地方、怎麼樣讀英語？

Finally, we would like to mention briefly how our " minimalist " approach might have relevance to the theory of machine translation.

By comparing not only the contents of the theta-grids for the corresponding verbs of English, Chinese and Japanese but also the way they project into surface

---

⑩The fact that the object NP follows the head verb in both languages is accounted for by the Case-Assignment Parameter, according to which the transitive verb assigns accusative Case to its object NP from left to right in both languages.

⑪If these question-adverbials are analyzed as sentential adverbials, then they also precede the head IP (i. e. S).

sentences, we think our theta-grids, along with the few principles and parameters discussed above, provide vital information for language parsing in a very simple format. Among other things, the number of obligatory arguments, the distinction between internal (i. e. object), external (i. e. subject) and semantic (i. e. adjunct) arguments, the optionality and permutability of arguments at S-structure, the syntactic categories that these arguments are turned into (via canonical structure realization), the selection of marked and unmarked adpositions (including prepositions, postpositions and subordinate conjunctions) for the arguments, and partial linearity among the arguments, are either listed in theta-grids or handled by lexical redundancy rules. The mapping of theta-grids to surface sentences is also quite simple and straightforward, since there are only a few principles and constraints to observe and a few parameters to choose from.

The X-bar Convention, simple in form and content, seems to obviate the necessity for phrase structure rules which essentially repeat the information already provided in the theta-grids. If endocentricity of phrasal constructions and binary branching of their constituents are strictly observed, the majority of improper structural descriptions will be eliminated, thus considerably reducing the burden of sentence parsing. Furthermore, transfer rules can also be reduced to the minimum or even entirely eliminated. Suppose that the lexicon (or data base) consists of lexical items which contain a theta-grid as part of their lexical entries and, furthermore, that the lexical entries for the corresponding verbs, adjectives, nouns, adverbs, adpositions, etc. between the input and output languages are listed side by side in the lexicon. Instead of writing separate sets of phrase structure rules for each language and two different sets of transfer rules for each pair of languages ⑫, we simply look up the lexical items appearing in the input text in the lexicon, match them with the corresponding lexical items in the output language and, using the information provided by the theta-grids for these lexical items (especially, the predicate verbs and adjectives), translate the input text into the output language, by the parallel analysis of the input text in terms of theta-grids and mapping of the corresponding theta-grids in the output language to surface sentences. In this sense, our approach is " lexicon-driven " and " multi-

---

⑫This means that, given n languages, there need to be n sets of phrase structure rules and $n(n-1)(=n^2-n)$ sets of transfer rules.

directional. " It is admitted, however, that there are still some problems to be solved (e. g. exactly how many theta-roles are necessary for natural languages, and how should we identify them?) and thorny technical details to be worked out (e. g. how should the contents and functions of theta-grids be stated in a computer language so that they can be readily understood by the computer?) ⑩.

---

⑩ For a more detailed discussion of our approach to machine translation, see Tang (1992d), which deals with more specific issues such as the " garden path " phenomenon in language processing and the disambiguation of syntactic ambiguity.

References

Cheng, L. L.-S.(鄭禮姍), 1991, *On the Typology of Wh-Questions,* Doctoral dissertation, MIT, Cambridge, Ma.

Chomsky, N. and H. Lasnik, 1991, ' Principles and Parameters Theory, ' to appear in J. Jacobs, A. Von Stechow, W. Sternefeld, and T. Vennemann (eds.) *Syntax: An International Handbook of Contemporary Research,* de Gruyter, Berlin.

----------, 1993, ' A Minimalist Program for Linguistic Theory, ' in K. Hale and S. J. keyser (eds.) *The View from Building 20: Essays in Linguistics in Honor of Sylvain Bromberger,* MIT Press, Cambridge, Ma.

Fukui, N., 1986, *A Theory of Category Projection and Its Application,* Doctoral dissertation, MIT, Cambridge, Ma.

----------, 1988, ' Deriving the Differences between English and Japanese: A Case Study in Parametric Syntax, ' *English Linguistics* 5.

Grimshaw, J. and A. Mester, 1988, ' Light Verbs and θ -Marking,' *Linguistic Inquiry* 19, 182- 295.

Gruber, J. R. 1965, *Studies in the Lexical Relation,* Doctoral dissertation, MIT, Cambridge, Ma.

Guo, J. -W. （郭進屘）《漢語正反問句的結構和句法運作》, 國立清華大學碩士論文。

Huang, C. -T. J.(黃正德), 1982, *Logical Relations in Chinese and the Theory of Grammar,* Doctoral dissertation, MIT, Cambridge, Ma.

-----------, 1991, ' Modularity and Chinese A–Not–A Questions, ' In C. Georgopoulos and R. Ishihara (eds.) *Interdisciplinary Approaches to Language,* Kluwer, Dordrecht.

Jackendoff, R. S., 1972, *Semantic Interpretation in Generative Grammar,* MIT Press, Cambridge, Ma.

Larson, R., 1988, ' On the Double Object Construction, ' *Linguistic Inquiry* 19, 335-391.

Lasnik, H., 1993, ' The Minimalist Theory of Syntax: Motivations and Prospects, ' a paper presented at 2nd Seoul International Conference on Generative Grammar.

Li, Y. -H. A.(李艷惠), 1985, *Abstract Case in Chinese,* Doctoral dissertation, USC.

----------, 1990, *Order and Constituency in Mandarin Chinese,* Kluwer, Dordrecht.

Pritchett, B. L., 1988, ' Garden Path Phenomena and the Grammatical Basis of Language Processing, ' *Language* 64, 339-376.

Slakoff, M., 1983, ' Bees are Swarming in the Garden: a Systematic Synchronic Study of Productivity, ' *Language 59, 288-346.*

Tang, C. -C. T.(湯志眞), 1990, *Chinese Phrase Structure and the Extended X'-Theory,* Doctoral dissertation, Cornell University.

Tang, T. C. (湯廷池), 1984,《英語語法修辭十二講》, 臺灣學生書局。

----------------------, 1988a, 〈英語的「名前」與「名後」修飾語：結構、意義與功用 〉,《中華民國第五屆英語文教學研討會英語文教學論集》1-38頁, 收錄於湯（ 1988c ）。

----------------------, 1988b,《漢語詞法句法論集》, 臺灣學生書局。

----------------------, 1988,《英語認知語法：結構、意義與功用（上集）》, 臺灣學生書局。

----------------------, 1989a,《英語詞法句法續集》, 臺灣學生書局。

----------------------, 1989b, 〈「X標槓理論」與漢語名詞組的詞組結構 〉,《中華民國第六屆英語文教學研討會英語文教學論集》, 1-36頁,

收錄於湯（1989a)。

------ ----------------, 1989c,〈「原則參數語法」與英漢對比分析〉,《新加坡華文教學研討會論文集》,75-117頁,收錄於湯（1992a)。

------ ----------------, 1990a,〈對照研究と文法理論(一):格理論〉,《東吳日本語教育》,13:37-68頁。

------ ----------------, 1990b,〈英語副詞狀語在「X標槓結構」中出現的位置:句法與語意功能〉,《中華民國第七屆英語文教學研討會英語文教學論集》, 233-312頁,收錄於湯（1992c）。

------ ----------------, 1990c,〈「限定詞組」〉、「數量詞組」與「名詞組」的「X標槓結構」:英漢對比分析〉,未定稿。

------ ----------------, 1990d,〈「句子」、「述詞組」與「動詞組」的「X標槓結構」:英漢對比分析〉,未定稿。

------ ----------------, 1991a,〈「論旨網格」與英漢對比分析〉,《中華民國第八屆英語文教學研討會英語文教學論集》,235-289頁,收錄於湯（1992c）。

------ ----------------, 1991b,〈原則參數語法、論旨網格與機器翻譯〉,《中華民國第四屆計算

語言學研討會專題演講論文》，收錄於湯（
1992b)。

―――― ――――――――, 1991c,〈對照研究と文法理論
(二)：Ｘバ-理論〉,《東吳日本語教育》,
14:5-25頁。

―――― ――――――――, 1992a,《漢語詞法句法三
集》,臺灣學生書局。

―――― ――――――――, 1992b,《漢語詞法句法四
集》,臺灣學生書局。

―――― ――――――――, 1992c,《英語認知語法：結
構、意義與功用（中集）》,臺灣學生書局。

―――― ――――――――, 1992d,〈語法理論與機器翻
譯：原則參數語法〉,中華民國第五屆計算語
言學研討會專題演講論文,收錄於湯（
1994b)。

―――― ――――――――, 1993,〈外國人のための日本
語文法：考え方と教え方〉,日本語教學研究
國際研討會專題演講論文。

―――― ――――――――, 1994a,〈對比分析與語法理
論：「Ｘ標槓結構」與「格位理論」〉,收錄於
湯（1994c）。

―――― ――――――――, 1994b,《漢語詞法句法五
集》,臺灣學生書局。

―――― ――――――――, 1994c,《英語認知語法：結

構、意義與功用（下集）》，臺灣學生書局。

＊本文原應邀於一九九四年七月十八日至二十日在中央研究院召開的第四屆中國境內語言暨語言學國際研討會上以專題演講的方式發表，並刊載於《第四屆中國境內語言暨語言學國際研討會論文集》102-138頁。

日中兩國の大學・企業間における交流及び役割

Pacific Network 21 の皆様：

　この度はPacific Network 21 の御招きにあずかり、「日台産學交流シンポジウム」に參加することができましたことを心から感謝致しております。さて今日は主催者側から「日台兩國の大學・企業間における交流及び役割」という大層長い御題目を頂戴致しましたので、このテーマについて、私の考えをいささか述べさせていただきたいと存じます。

　日本と台灣は過去一世紀にわたって歴史的、地理的、文化的、政治的、經濟的と各方面にわたって相當密接な關係にあったわけですが、いま焦點を大學と中小企業の交流にしぼって見た時、兩國間の關係や提携は必ずしも密接なものではなかったと言えるのではないかと思います。確かに日本の大手企業は日台合弁の形式をとって相當早くから台灣に進出してきておりました。しかし、それは主に大手企業及び大手企業に屬する關連企業に限られており、一般の中小企業が組織的に活發に交流した事實はなかったように思えます。また學界における交流にしましても正式な國交關係がないということで、殆ど交流らしい交流はなかったと言えるのではないでしょうか。私の專門分野である言語學と言語教育について申しますと、過去三十年の間日本の大學や學界から直接連絡があった經驗は一度もございま

せんでした。それどころか、語學關係のシンポジウムは台灣が
主催者側の場合に限って一方通行的に日本に連絡され、日本か
ら學者が招かれていたというのが事實でした。また大學間にお
ける交換教授も公立と私立の大學を問わず、台灣から日本の學
者を招聘する例は見うけるのですが、台灣の學者が日本へ招聘
される例は皆無というのが實情のようです。

　國交關係がないから止むを得ないと、言われる人が居るか
も知れません。しかし問題はそんなに單純なものではないよう
に思えます。というのは、私事にわたつて恐縮ですが、同じよ
うに國交關係がない米國や東南アジアの諸國からは、殆ど毎年
のように學會への招待やシンポジウムの特別講演の依頼があ
り、交換教授の招聘を受けた經驗も再三あつたからです。私は
若い頃AID（ Agency for International Developmentの略稱です、
エイズとは關係がありません ）やAsia foundation などの獎學金
をいただいて米國に留學した經驗があるのですが、當時の米國
は國家予算や民間基金を通して、東ヨーロッパを含む歐洲から
中東、近東、そして東南アジアに至る各地にイデオロギーと現
實的な利益を越えて獎學金を贈り、數多くの學生、教師、若手
官僚及び中小企業家を選拔して米國に留學させておりました。
今から考えると、これは誠に賢明な政策でした。というのは、
これらの留學生は米國の學術、國民、文化と接觸することによっ
て、米國をよりよく理解することが出來ましたし、これらの留
學位が學生を得て歸國した後はその多くが學界、官界、産業界
などの分野でかなり重要なポストに就きましたので、その結

果、米國は世界各地に米國を理解し、且つ米國に好意を寄せるエリートを、數多く友人に持つことが出來るようになったからです。

そこで、日台兩國間における學界と企業界の交流は、先ず交流の目標と重要性を確認ないし再確認することから出發しなければならないのではないかと思います。學界の交流にしろ、企業間の交流にしろ、すべての交流には、文化と經濟の二つの面が見られると存じます。例えば、文化の面では相互の認識や情報の交換などが舉げられましょうし、經濟の面では技術の提携や輸出輸入の促進ないし不均衡の改善などが舉げられましょう。半世紀前の昔、日本は「大東亞共榮圈」の旗印を掲げて東南アジアに進出したことがありましたが、今こそ本當の意味におけるアジアの共存共榮を唱える時が來たのではないでしょうか。二十一世紀の世界は米國を中心としたアメリカ經濟圈、歐洲共同体を中心としたヨーロッパ經濟圈、そして日本と中國を中心としたアジア經濟圈の三つの經濟機軸から成り立つだろうと言われております。しかしそれにしては、日本と台灣を含む中國との間の言語、文化、學術、企業など各方面における相互理解と尊重が余りにも欠如しているのではないでしょうか。少數のスーパーパワーが世界の政治、經濟、文化を牛耳った時代は既に過ぎ去ってしまいました。また、このような少數が多數を支配するいびつな時代が將來二度と訪れるようなことがあってはなりません。今後のアジアは文字通り持ちつ持たれつの相互依賴と共存共榮に立つアジアでなくてはならないと存じま

す。その相互依頼と共存共榮のアジア共同體の中で、日本の占
める地位や果たす役割は甚だ重大なものであることは言うまで
もありません。

　日本の傳統文化を振り返ってみますと、日本人は昔から勤
勉努力を重んじ、慈悲人情に富んだ民族であつたことが分かり
ます。それが明治維新以後、歐米の列強に遅れをとることを恐
れ、性急に國家の近代化を焦り、植民地の擴大を求めた余り、
軍國主義の袋小路の中に突進してしまいました。しかし、戰後
四十年、日本はその持前の勤勉と努力によって、みごと敗戰の
瓦礫と廢墟の中から立ち直り、めざましく世界一の經濟大國に
のし上がって來ました。今後四十年、日本は日本本來の姿に立
ち戻り、その温かい慈悲の眼で周邊の國家を見渡し、その力強
い人情の手をアジアのすべての人達に差し伸べるべきではない
でしょうか。今日の日本の繁榮と平和は、日本のすべての人達
が中産階級に屬するようになつたことによつてもたらされたも
のだと、私は理解しております。この考えが正しければ、アジ
アのすべての國家がいわゆる中産國家に屬するようになること
によって、はじめてアジアの恒久の繁榮と平和が、もたらされ
るのではないでしょうか。「情は人のためならず」と言いま
す。アジアの全地域にわたつて、日本を理解し、日本を愛し、
かつ日本を信頼する友人をつくることは、究極的には今日の日
本の繁榮と平和を永遠に搖ぎのないものにする基礎作りにつな
がりましょう。その意味で、日本とアジア諸國間の學術文化な
いし企業經濟における交流は、それこそ萬世に泰平を遺す事業

に貢献することになると思うのです。

　日本と台灣を含む中國の大學、企業間における交流の目標と役割を私は以上のような視點から理解しております。即ち、日本と台灣の大學・企業間における交流は、日本とアジア諸國における相互依賴と共存共榮を結び固める鎖りの一つの輪であるべきだと、信じております。テクノロジーにすぐれ、資源と勞働力に乏しい日本が、テクノロジーにおくれ、資源や勞働力に富むアジア諸國と、提攜合作して共存共榮を圖る、そこに交流の意義があり、交流の價値があると思うのであります。

　次に交流をするためには、先ず交流の糸口を見つけなければなりません。昨年Pacific Network 21 の代表の皆様が台灣に來られました時、大學關係の糸口を見つけるのに少からず苦勞をなされたようですが、これというのも戰後このかた日本と台灣との間には學界における交流らしいものは殆ど無く、交流の前提となる學界の情報の蒐集さえも全然なされていなかったからであります。そこで、學界交流の下準備として、日本の大學で學位を得られた台灣の學者や企業家のネーム・リストやプロファイルを作製することを提議致します。また、台灣の總合大學や單科大學で日本語學、文學、歷史、政治、經濟、文化などの科目を擔當しておられる教師の資料を準備することも將來何かの役に立つことがあるかも知れません。日本の大學や學者はこれらの資料を通して、台灣の大學や學者と連絡し、台灣における大學の内容や現狀をより速く、より正確に理解することができるようになると思います。

　　學界の交流はまず學者個人間の點の接觸から始まり、次に研究グループ間の線の連絡に擴げ、最後に學部や學會間の面の接近まで持って行くには多少月日がかかることでしょう。

　　台灣の總合大學の數は全部合わせて十九校に過ぎないので、學會の情報はわりと蒐集し易く、交流の糸口も比較的探し易いのですが、台灣の中小企業の總數は統計によると七十七万社にも及ぶので、日本の交流協會や台灣の亞東協會を通じて必要な情報を提供してもらうのがよいと思います。また、台灣には「同業工會」と呼ばれる職業別組合の組織があるので、職業別にこれらの組合と連絡して交流を進めて行くのがよいのではないかと思います。この外、國際的な組織であるライオンズクラブの會員には中小企業の出身者が多く、また日本のライオンズクラブと台灣のライオンズクラブとの間にシスタークラブの關係が結ばれている例が非常に多いので、ライオンズクラブを通して個人や業界の交流を圖るのも一つの方策だと思います。大學の交流にしろ、企業の交流にしろ、先ずは人間と人間の裸の接觸から始まります。日本と台灣との間にお互いに理解があり、信賴に足る相手を見つけ、一步一步と確實に交流を擴げ深めて行くことが、何よりも大切だと存じます。

　　第三に、交流とは文字通り「まじわり流れる」ことを意味し、一方通行的な片寄ったいびつなものであってはならないと思います。この意味で、將來台灣にも日本のPacific Network 21に對應した組織が成立することが一番望ましいのですが、そのためには、前にも申しましたように、日本と台灣との間に

おける學界と企業界の交流を、積極的に促進し、一般社會にこれら交流の役割と重要性を認識理解してもらうことが、大切でございましょう。その手始めの仕事と致しまして、兩國間における大學教授や企業家の訪問參觀旅行や訪問講演旅行などを、計畫なされたら如何でございましょうか。これらの訪問旅行と相俟って、訪問團體の性質に即應したシンポジウムをかわるがわる開催することができるようになりましたら、それに越したことはございません。現在のところ、兩國間には正式な國交關係がありませんので、あくまでも學者個人と民間組織のイニシアティブに賴らなければならないのが現狀だと思います。その意味で、Pacific Network 21 が一日も早く名實ともに環太平洋地域を結ぶ連絡網になることを、心から願つております。

　現實的な交流という問題に觸れましたついでに、企業における交流について、少し具體的な意見を述べさせていただきます。昨年Pacific Network 21 の代表が台灣に御來訪なされました時、日本の企業界から贈られましたパンフレットの中に、日本と台灣との間の技術交流を促進するために、台灣の理工科關係の大學卒業生が日本の企業會社や工場で働きながら技術を研修する具體的なプロジェクトの提案がなされておりました。台灣の理工科關係の大學卒業生を日本に招き、現場で實地に働くことによって專門の技術を身に付ける、そしてその働き振りと能力によっては、上級學校に進學する機會をも與える。その一方、日本の企業は、これら卒業生の勞務提供によって、目下の技術員不足を多少なりとも緩和し、またこれら卒業生が將來專

門の技術を修得して歸國し、台灣ないし中國大陸或いは東南ア
ジアの華僑社會で同じ性質の企業を起こす場合には、技術や資
金の面で提携合作する可能性も考慮する。日本での勤務と研修
の期間中に、日本企業側と台灣の技術者達との間には、直接な
人間關係によつてある程度の相互理解と信賴の橋渡しが出來て
おりますので、將來これら台灣の技術者達が、中國語の知識と
中國人社會の人脈を生かし、企業家として中國大陸や東南アジ
アに進出した場合、兩者間の技術や資金の面での合作は、大い
に考慮するに値するものがあると存じます。最近台灣の中小企
業、殊に紡績、ニッティング、プラスティックシューズやスポ
ーツ用品の製造業者などがかなりきびしい輸出難に直面してい
るので、その資金、工場やマネージメントの人材を利用して、
日本製品のセールスやメインテナンスなどを引き受けてもらう
ことも考えられます。こういう風に考えて來ますと、このプロ
ジェクトは確かに將來性と發展性のある一舉兩得の名案だと言
えます。ただ、應募者を理工科の大學卒業生に限らず、短期大
學の卒業生も含めたら如何でございましようか。というのは、
台灣の大學理工科卒業生は國內や國外の大學院に進學する者が
多く、國內企業界の大學理工科卒業生に對する需要度も非常に
高いので、實際に日本の會社や工場での技術研修を希望する大
學卒業生の數は、非常に限られたものになると推察されます。
理工科短期大學の卒業生を含めますと、志望者の數もぐんと增
えましよう。また、仕事の性質や內容によつては、三年制や五
年制の工業學校を卒業し、何年かの實務經驗を積んでいる熟練

工や技術員を募集の對象とすることも考えられましょう。そして、台灣から技術人材を求める時、個個の企業の性質に應じて、必要な學歷、經驗、特殊能力などもっと詳細に應募資格を書いていただければ、候補者の選拔に役立つと存じます。

　次に、日本の現在の物價高と住居難では、日本の企業や會社から寮やアパートを提供しない限り、台灣の大學卒業生を招聘して東京近郊で研修勤務させるのは、ちょっと無理ではないかと思います。例え待遇を多少上げても、それは家賃と交通費で忽ち消えてしまうでしょう。現代の若き世代は、日本と台灣を問わず、一般的に苦勞を厭い、逸樂を追う傾向があります。それ故、台灣からの技術研修員の選拔に當たっては、學歷、經驗、能力、人格など各方面の考慮に愼重を期すると同時に、日本での研修期間は出來得る限り安定した生活環境と充分な技術研修の機會を研修員達に與えるよう、考慮していただきたいと存じます。そのためには、醫療保健、福祉施設、日本語學習、大學院進學の機會、家族同伴の可能性など、Pacific Network 21 を通してある一定の規準が設けられることを切望しております。

　「始まりがよければ半分なつたも同様」（Well begun is half done）と言う諺がありますが、事前の準備工作をしっかり固めることによって、日中兩國間の大學と企業間における交流が、最初から圓滑（スムーズ）で調和（ハーモニー）のとれたものになるよう、願って止みません。

　最後に、スムーズな交流を持續させるためには、台灣に少

なくとも交流の窓口を設置しなければならないのではないかと存じます。交流プロジェクトの廣報や、研修員應募者の受け付けのためにも、この窓口はぜひとも必要でありましょうし、研修員の選抜や身元調査、果ては選抜後合格者への通知やオリエンテーションにも、この窓口が利用されましょう。台灣の國立大學は、國家機關に屬するので、このような窓口を引き受けるのは多少無理があります。一番よいのは、Pacific Network 21の皆様と縁故のある台灣の民間企業に依頼して、窓口を設けてもらうことではないかと存じます。たとえば、台灣の新竹にはこちらの大矢先生が御懇意になされている新竹バス會社がありますので、その會社に交流の窓口を設けていただいたら如何でしょうか。この會社は、民間隨一を誇るバス會社で、しかも驛前の目抜き通りに本社を構えておりますので、非常に便利な窓口になることと存じます。若し必要があれば、この會社に依頼して、研修員合格者が渡日する前に、ある期間日本語の手解きをしてもらうことも出來ましょう。なお、この會社は、台灣の政界や企業界における人脈が廣いので、今後Pacific Network 21 のシンポジウムや其の他の活動に台灣からの中小企業の代表を推薦する役目も、果たしてくれることと存じます。

　Pacific Network 21 という名稱は、いみじくもこの組織の果たす役割と目標を、端的に表現していると存じます。Pacificは、環太平洋、即ち太平洋沿岸の國國や地域を指すのでありましょうし、Network は、これらの地域を結ぶ連絡網や交流組織を意味しましょう。そして21 は、その眼を遙か二十一世紀の

彼方に向けていることを、物語つています。私は、この簡潔な名稱の中に、會員の皆様の並並ならぬビジョンと抱負を汲み取り、この事業の遂行に、心から賛成の意を表し、且つ今後協力を惜しまないことを御約束致します。

　長時間の御靜聽、まことに有難うございました。

國家圖書館出版品預行編目資料

日語語法與日語教學

湯廷池著.—初版.— 臺北市：臺灣學生，1999(民 88)
面；公分

ISBN 957-15-0950-7 (精裝)
ISBN 957-15-0951-5 (平裝)

1. 日本語言 – 文法 – 論文，講詞等

2. 日本語言 – 教學法 – 論文，講詞等

803.107   88004228

日語語法與日語教學 (全一冊)

著　作　者：湯　　　廷　　　池
出　版　者：臺　灣　學　生　書　局
發　行　人：孫　　　善　　　治
發　行　所：臺　灣　學　生　書　局
　　　　　　臺 北 市 和 平 東 路 一 段 一 九 八 號
　　　　　　郵 政 劃 撥 帳 號 0 0 0 2 4 6 6 8 號
　　　　　　電　話　：（0 2）2 3 6 3 4 1 5 6
　　　　　　傳　真　：（0 2）2 3 6 3 6 3 3 4
本書局登
記證字號：行政院新聞局局版北市業字第玖捌壹號
印　刷　所：宏 輝 彩 色 印 刷 公 司
　　　　　　中 和 市 永 和 路 三 六 三 巷 四 二 號
　　　　　　電　話：（0 2）2 2 2 6 8 8 5 3

定價：精裝新臺幣三一〇元
　　　平裝新臺幣二四〇元

西 元 一 九 九 九 年 四 月 初 版

臺灣 學生書局 出版
語文教學叢書書目

臺灣學生書局出版

現代語言學論叢書目‧甲類

臺灣學生書局出版
現代語言學論叢書目・乙類